S0-ADM-928

Deseo™

Las llamas del destino

DAY LECLAIRE

Editado por HARLEQUIN IBÉRICA, S.A.
Núñez de Balboa, 56
28001 Madrid

I.S.B.N.: 978-84-9000-881-2
Depósito legal: B-31642-2011
Editor responsable: Luis Pugni
Preimpresión y fotomecánica: M.T. Color & Diseño, S.L.
C/ Colquide, 6 portal 2 - 3º H. 28230 Las Rozas (Madrid)
Impresión en Black print CPI (Barcelona)
Fecha impresion para Argentina: 7.5.12
Distribuidor exclusivo para España: LOGISTA
Distribuidor para México: CODIPLYRSA
Distribuidores para Argentina: interior, BERTRAN, S.A.C. Vélez
Sársfield, 1950. Cap. Fed./ Buenos Aires y Gran Buenos Aires,
VACCARO SÁNCHEZ y Cía, S.A.
Distribuidor para Chile: DISTRIBUIDORA ALFA, S.A.

Capítulo Uno

Esa vez su familia había ido demasiado lejos.

Rafe Dante observó la colección de mujeres que los distintos miembros de su familia estaban haciendo desfilar sutilmente, y no con tanta sutileza, ante su vista. Había perdido la cuenta del número de mujeres a las que se había visto obligado a dar la mano. Sabía perfectamente por qué lo hacían; se habían empeñado en buscarle esposa. Cerró los ojos con horror. Nada más y nada menos que una esposa.

Esperaban encontrar a su alma gemela del Infierno, una leyenda de la familia Dante que se había descontrolado por completo. Por algún motivo, su familia tenía la firme convicción de que los Dante sabían de un modo mágicamente extraño si habían encontrado a su alma gemela sólo con tocar a esa persona. Era ridículo, por supuesto. ¿Acaso no se daban cuenta?

Rafe no sólo no creía en el Infierno, sino que no tenía el menor interés de volver a pasar por la felicidad conyugal. Su difunta esposa, Leigh, le había enseñado la lección en el poco espacio de tiempo que había pasado entre el «Sí, quiero» y el «Mi abogado se pondrá en contacto contigo». Dieciocho meses antes, su mujer había alquilado un avión privado para volar a México a recuperarse de la tragedia que había sido para ella el matrimonio con Rafe y había encontrado un destino mucho peor al estrellase su avión contra una montaña sin dejar supervivientes.

El hermano menor de Rafe, Draco, se acercó a él y cruzó los brazos sobre el pecho. Estuvo un rato en silencio, estudiando el lugar y su brillante contenido, tanto de joyas como de mujeres.

–¿Preparado para rendirte y elegir a una?

–Seamos serios.

–Yo lo soy. Lo digo completamente en serio.

Rafe se volvió a mirarlo y aprovechó para dar rienda suelta a parte de su irritación.

–¿Tienes la menor idea de cómo han sido estos tres últimos meses?

–Sí que la tengo. Por si no te has dado cuenta, he estado observando de lejos porque soy consciente de que, en cuanto tú te rindas al Infierno, el objetivo seré yo. Por mí, aguanta todo lo que puedas.

–Eso intento.

Rafe volvió a fijar la vista en los asistentes al evento y suspiró. La muestra internacional de joyería Dantes tenía todo lo que un hombre podía desear: vino, mujeres y joyas… y nada de lo que le interesaba a él en aquellos momentos.

El vino procedía de Sonoma, California, un viñedo situado a pocas horas de las oficinas centrales que la familia tenía en San Francisco. Las botellas que se estaban sirviendo en aquella fiesta eran de tan alto nivel como los invitados. Las mujeres eran hermosas, ricas y brillaban tanto como los diamantes de los anillos de boda que se exponían. En cuanto a las joyas… en realidad eran su responsabilidad, al menos cuando era el servicio de envíos de Dantes el que transportaba aquella impresionante selección de piedras preciosas y artículos terminados.

Sin embargo Rafe no podía evitar sentirse profundamente aburrido. ¿A cuántas fiestas parecidas a aquélla había asistido? Siempre observando, siempre vigilante. Siempre era el lobo solitario al que evitaban todos los invitados hasta que alguien de su familia le enviaba una posible novia. Había habido tantas noches como aquélla que había perdido la cuenta.

En esta ocasión se celebraba el lanzamiento de la última colección de Dantes, la línea de anillo de boda únicos Eternity. Todas las alianzas eran diseños exclusivos en los que se combinaban los diamantes de fuego por los que se conocía a su familia con el oro Platinum Ice de Billings, la empresa de su cuñada Téa Dante, que se había casado con su hermano mayor, Luc, hacía tres meses.

A Rafe se le llenaba el corazón de amargura con sólo ver aquellos anillos que simbolizaban el amor y el compromiso.

Dos cosas que conocía bien. Aún conservaba las cicatrices que lo demostraban.

Y entonces la vio.

El hada rubia y menuda que servía a los invitados no era en absoluto la mujer más bella de la fiesta, pero por algún motivo, Rafe no podía apartar los ojos de ella.

No habría sabido explicar qué era lo que había atraído su atención, ni la chispa que había encendido dentro de él. Tenía unas facciones bonitas; delicadas y con un atractivo que las hacía interesantes. Quizá fueran sus ojos y su pelo. El cabello tenía el color de la arena de una isla del Caribe y sus ojos eran azules turquesa como las aguas del océano que golpeaban aquellas prístinas playas. Y esa chispa que no sabía explicar, algo que lo impulsaba a acercarse a ella en todos los sentidos.

Se movía por la sala del edificio Dantes con un movimiento de caderas que hacía parecer que estuviese bailando. De hecho, tenía cuerpo de bailarina; esbelto y elegante, si bien algo menudo pero sencillamente delicioso.

Desapareció entre la multitud con la bandeja de canapés y Rafe la perdió de vista. Por un momento se vio tentado a seguirla, pero enseguida la vio aparecer de nuevo con una bandeja llena de copas de champán que ofreció a los invitados, empezando en dirección opuesta a donde se encontraba él, algo que le molestó. Decidido a hablar con ella, Rafe comenzó a avanzar hacia ella, hasta que se encontró con la mano de Draco, que lo detuvo.

—¿Qué? —dijo Rafe bruscamente—. Tengo sed.

Su hermano le lanzó una mirada de sospecha.

—Más bien pareces hambriento. Te recomiendo que esperes a saciar tu apetito en un momento y un lugar más adecuados, cuando no haya tanta gente observándote.

—Maldita sea.

—Relájate. El que quiere, puede —Draco señaló uno de los expositores y cambió de tema deliberadamente—. Parece que la nueva colección de anillo de Francesca va a ser un gran éxito. Sev debe de estar encantado.

Rafe cedió a lo inevitable y asintió.

—Creo que está más encantado con el nacimiento de su hijo –respondió–. Pero supongo que esto es la guinda del pastel.

Draco lo miró de nuevo y sonrió.

–Dime, ¿cuántas bellezas te han presentado nuestros queridos abuelos en lo que va de noche?

Rafe adoptó una expresión sombría.

–Por lo menos una docena. Me han hecho tocarlas a todas y cada una de ellas, como si esperaran que fuera a lanzar chispas o salieran fuegos artificiales.

–La culpa es tuya. Si no le hubieras dicho a Luc que Leigh y tú nunca habíais sentido el Infierno, no se habrían lanzado todos a la caza de la mujer de tu vida.

El hecho de que tantos miembros de su familia hubieran sucumbido a aquella leyenda no hacía sino aumentar la amargura que le provocaba a Rafe haber tenido tan mala suerte con el matrimonio. El tiempo diría si aquellos romances durarían más que el suyo con Leigh. Quizá todos ellos afirmaran haber encontrado a sus almas gemelas gracias al Infierno de los Dante, pero Rafe, el más lógico y práctico de la familia, tenía un punto de vista mucho más sencillo y pragmático… y sí, quizá también más cínico.

El Infierno no existía.

No era cierto que se estableciera un vínculo eterno cuando un Date tocaba por primera vez a su alma gemela, todos ellos podían decir lo que quisieran, del mismo modo que podían prometer que los anillos de boda Dantes Eternity harían que los matrimonios a los que iban destinados durarían eternamente. Algunos tenían suerte, como sus abuelos, Primo y Nonna. Y muchos otros eran un desastre, como su matrimonio con la difunta Leigh.

Rafe se quedó mirando a su hermano mayor, Luc, con gesto pensativo. Téa y él estaban bailando y mirándose el uno al otro como si no hubiera nadie más en la sala. Sus rostros reflejaban lo que sentían, todo el mundo podía verlo. Dios, Leigh y él jamás se habían mirado de ese modo, ni siquiera en los momentos más apasionados.

Varias mujeres lo habían acusado de dejar que su tendencia al pragmatismo y la lógica, su carácter de lobo solitario, interfiriera demasiado en su vida sentimental. Todas ellas admitían que la pasión que demostraba en el dormitorio y ese impresionante atractivo de los Dante compensaban sus defectos, pero no servían de mucho si esa pasión nunca salía del dormitorio. Era distante, inaccesible e intimidante. Por algún motivo que no alcanzaba a comprender, esa última palabra siempre iba acompañada de un estremecimiento.

Lo que ninguna de ellas comprendía era que él no practicaba el amor. Ese amor brutal en el que se había especializado Leigh y que significaba casarse con alguien porque tenía dinero y poder. Tampoco ese amor ocasional en el que ardían las sábanas y había que aprovechar mientras duraba, como hacía la mayoría de las mujeres que querían tener una aventura con él. Y desde luego tampoco practicaba el amor del Infierno, con el que a uno se le derretía el cerebro con sólo tocar a alguien y después se era feliz para siempre, como les sucedía a los miembros más sentimentales y apasionados de la familia Dante.

Rafe se conocía bien a sí mismo y podía asegurar con absoluta certeza que no sólo no estaba hecho para el amor, además sabía que no había sentido el amor del Infierno, ni lo haría nunca.

Y además no le importaba.

–Las primeras veces que me traían a alguien con la esperanza de que se convirtiera en mi esposa me resultó molesto –le dijo a su hermano–. Pero como lo hacían Nonna y Primo no podía decir nada. Pero ahora lo hace todo el mundo. No puedo dar un paso sin que pongan en mi camino alguna mujer bellísima.

–Triste destino –comentó Draco con ironía.

–Te lo parecería si te lo hicieran a ti.

–Pero no es así –Draco se inclinó y agarró una copa de detrás de Rafe–. ¿Quieres?

–Sí.

–Pues estás de suerte porque tienes la bandeja justo detrás –le dijo con una sonrisa pícara–. Pero luego no digas que nunca te hago ningún favor.

Rafe no comprendió aquel comentario, pero se volvió sin darle más vueltas. Allí estaba la escurridiza hadita con la bandeja de copas de champán en la mano. De cerca era aún más atractiva.

–Gracias –le dijo Rafe, ya con la copa.

En su rostro apareció una sonrisa que le iluminó el rostro, pero también la habitación y un frío y oscuro rincón del corazón de Rafe.

–De nada –también su voz era bonita, susurrante e incluso musical.

Draco observaba con gesto divertido.

–Supongo que sabes que hay una manera de conseguir que la familia te deje en paz…

Eso consiguió recuperar la atención de Rafe.

–¿Cómo? –le preguntó.

–Encuentra tú a tu amor del Infierno.

–Hijo de… –Rafe se mordió la lengua antes de terminar de decir el insulto–. Ya te he dicho que no voy a volver a casarme nunca. No después de lo de Leigh.

De pronto oyó el tintinear de las copas encima de la bandeja, que de pronto se movía con peligrosa inestabilidad. La atractiva camarera trató de pararlas y a punto estuvo de conseguirlo antes de que la primera cayera al suelo y, tras ella, todas las demás.

De manera instintiva, Rafe la agarró de la cintura y la apartó de los cristales. A través de la tela del uniforme, le llegó a las manos un seductor calor que despertó su imaginación e hizo aparecer en su mente la imagen de unas deliciosas curvas desnudas, bañadas por la luz de la luna. Unos brazos y unas piernas suaves que lo rodeaban y unos suaves gemidos que inundaban el aire mientras hacían el amor.

Rafe meneó la cabeza para volver a la realidad.

–¿Estás bien? –consiguió preguntar.

La camarera tenía la mirada lavada en el suelo, lleno de cristales rotos, pero asintió.

–Creo que sí.

Levantó la mirada hacia él con unos ojos de un azul increíble, que era el único color que podía adivinarse en una cara que se había quedado blanca como la nieve. No vio en ellos ni rastro del deseo que se había apoderado de él. Había vergüenza y quizá también cierto pánico, pero ni un ápice de pasión. Una lástima.

–Lo siento mucho –dijo ella–. Me he resbalado al dar un paso atrás para seguir pasando la bandeja por la sala.

–No te habrás cortado, ¿verdad?

–No –dijo y soltó el aire como si hubiera estado conteniendo la respiración–. Le pido disculpas. Ahora mismo me encargo de limpiar todo esto.

Enseguida apareció otro empleado del catering que debía de ser su superior que se hizo cargo de la situación con absoluta discreción. La camarera ayudó a limpiar sin decir ni palabra y, una vez terminado, el encargado la llevó de nuevo junto a Rafe.

–Señor Dante, Larkin quería decirle algo –le dijo el encargado.

–Le pido disculpas otra vez por las molestias –insistió ella.

Rafe sonrió y luego se dirigió a su superior.

–Son cosas que pasan. Además, ha sido culpa mía, que me he chocado con Larkin y he hecho que se le cayera la bandeja.

El encargado parpadeó, sorprendido, y seguramente habría aceptado la excusa si la propia Larkin no hubiese protestado inmediatamente.

–No, no, la culpa ha sido sólo mía. El señor Dante no ha tenido nada que ver.

–Bueno, señor Dante, muchas gracias por su amabilidad –dijo el encargado–. Larkin, vuelve a la cocina por favor.

–Sí, señor Barney.

Rafe la vio alejarse y pensó que seguía pareciéndole la mujer más elegante de la fiesta.

–Va a despedirla, ¿verdad?

–Me encantaría no tener que hacerlo, pero mi supervisora es implacable con este tipo de cosas cuando se trata de los clientes más importantes.

–Y supongo que Dantes es uno de ellos.

Barney se aclaró la garganta antes de responder.

–Creo que es el más importante, señor.

–Comprendo.

–Es una lástima –reconoció–. Porque es la camarera más amable que tenemos. Si de mí dependiera…

Rafe enarcó una ceja.

–¿Y no podríamos olvidarnos que ha pasado?

–Me encantaría, pero hay muchos testigos y no todos nuestros empleados tienen tan buen corazón como Larkin; enseguida se correría la voz y acabaríamos los dos despedidos.

–Claro… Supongo que habría sido más fácil si me hubiese dejado que dijera que había sido culpa mía.

–No lo sabe usted bien, pero me temo que Larkin no es de ésas –aseguró con expresión sentida.

–Una cualidad muy poco común.

–Sin duda –Barney lo miró con gesto extrañado–. Si usted o alguien de su familia necesitan algo…

–Se lo diré.

Barney se marchó hacia la cocina, seguramente a despedir a Larkin. Rafe frunció el ceño. Quizá debería intervenir. O, mejor aún, podría buscarle otro trabajo. Dantes era una empresa grande con distintas actividades, no sería difícil encontrar una vacante. Al fin y al cabo, él era el presidente del servicio de mensajería; si no había ningún empleo, podría inventarse uno. La idea de encontrarse con la luminosa sonrisa de Larkin al llegar al trabajo todos los días le pareció increíblemente atrayente.

–Dime, ¿has pensado en mi sugerencia? –le dijo Draco, que había vuelto a su lado.

Rafe lo miró sin comprender.

–¿Qué sugerencia?

–¿Es que no me estabas escuchando?

–Normalmente es lo mejor porque la mayoría de tus sugerencias sólo sirven para una cosa.

–¿Para meterte en algún lío? –adivinó su hermano, riéndose.

–Exacto.

–Ésta no. Lo único que tienes que hacer es buscarte una mujer y así todo el mundo te dejará tranquilo.

–Me parece que tampoco tú estabas escuchando. No pienso volver a casarme después del desastre que supuso mi matrimonio con Leigh.

–¿Quién ha dicho nada de casarse?

Rafe lo miró fijamente.

–Explícate.

–Para ser un tipo tan inteligente, hay veces que eres tremendamente obtuso –hizo una pausa antes de hablar despacio y vocalizando mucho–: Encuentra una mujer, grita a los cuatro vientos que es tu amor del Infierno y actúa durante unos meses como si estuvieras locamente enamorado.

–Yo nunca me enamoro locamente.

–Si quieres que te dejen tranquilo, tendrás que hacerlo. Después de un tiempo, haz que ella te abandone y, preferiblemente, que se marche a algún lado, lejos, y se quede allí.

–Mira que se te han ocurrido ideas descabelladas en tu vida, pero ésta debe de ser la más absurda… –Rafe se cayó de pronto y miró hacia la cocina–. Mmm.

Draco se echó a reír.

–¿Qué decías?

–Creo que tengo una idea.

–De nada.

Rafe lanzó una mirada de advertencia a su hermano.

—Si le dices una palabra de esto a alguien...

—¿Estás loco? Nonna y Primo me matarían, por no hablar de nuestros padres.

—¿A ti?

Draco le dio unos golpecitos en el pecho con el dedo.

—No creo que te crean tan inteligente como para idear un plan tan brillante.

—No sé si «inteligente» es la palabra más adecuada. Maquinador, quizá.

—Diabólicamente brillante.

—Claro. Sigue diciéndotelo a ti mismo y quizá así lo creamos uno de los dos. Entretanto, tengo que conquistar a mi novia del Infierno.

Rafe se encaminó a la cocina, donde llegó justo a tiempo de ver como Larkin rechazaba el fajo de billetes que le ofrecía Barney.

—No se preocupe, señor Barney.

—Sabes que lo necesitas para pagar el alquiler —le metió el dinero en el bolsillo del chaleco y le dio un abrazo—. Te vamos a echar de menos.

Todos los empleados del catering fueron despidiéndose de ella uno a uno, tras lo cual Larkin se marchó hacia la salida. Al ver el brillo de las lágrimas en sus ojos, Rafe sintió un extraño instinto de protección.

—Larkin —le dijo—. Me gustaría hablar contigo un momento.

Ella se volvió y lo miró con sorpresa.

—Por supuesto, señor Dante —lo siguió al pasillo que conducía a la zona de despachos—. ¿Ocurre algo?

–le preguntó después de unos segundos–. Espero que no piense que el señor Barney ha tenido la culpa de mi error. Me ha despedido, si eso le deja más tranquilo.

Vaya.

–No se trata de eso –le aseguró él–. Quería hablar contigo en privado.

Rafe abrió unas puertas con una discreta placa en la que se leía: *Rafaelo Dante, Presidente. Servicio de mensajería Dantes* e invitó a entrar a Larkin. Encendió unas luces suaves en la zona de la oficina en la que había unos sofás y una mesita, dejando a oscuras el lugar donde se encontraban los escritorios.

–Siéntate. ¿Quieres beber algo?

Larkin titubeó un momento antes de decir con una sonrisa:

–Supongo que debería decir «no, gracias», pero la verdad es que me vendría muy bien un poco de agua.

–Enseguida.

Rafe volvió con dos botellitas de agua y dos vasos con hielo y se sentó junto a ella en el sofá. Quizá fue un error sentarse tan cerca porque percibió cosas de ella que prefería no haber notado. Su suave aroma de cítricos que lo envolvió de un modo inexplicable, la cálida energía de su cuerpo. El brillo de su pelo bajo una luz que dejaba en penumbra sus ojos azules. La había llevado allí con la esperanza de que el ambiente de trabajo mitigara un poco su reacción ante ella, pero no tardó en comprobar que, a solas con ella, sus sensaciones eran aún más intensas.

Trató de controlarse y se obligó a concentrarse en el asunto que tenía entre manos.

–Siento mucho que te hayas quedado sin trabajo

–le dijo–. Me parece excesivo que te hayan despedido por un simple accidente.

–Normalmente no trabajo con los clientes más importantes. Era la primera vez –hizo una mueca antes de añadir–: Y la última.

–¿No podrían simplemente pasarte a fiestas más pequeñas?

–Si le soy sincera, lo dudo mucho. La mujer que se encarga de esos clientes no me tiene mucho aprecio.

–¿Diferencia de caracteres?

La pregunta la hizo sentir incómoda.

–No exactamente.

Si iba a contratarla, necesitaba saber todo lo que pudiera de ella, sobre todo si tenía problemas con sus superiores.

–¿Entonces? –insistió Rafe.

–Su novio es uno de los camareros y…

–¿Y?

–Intentó ligar conmigo –confesó finalmente Larkin.

–¿Tú lo invitaste a que lo hiciera?

Sorprendentemente, aquella pregunta no la ofendió. En lugar de ofenderse, se echó a reír.

–JD no necesita que lo inviten. Lo intenta con cualquiera que lleve faldas. Espero que Britt se dé cuenta pronto de lo cretino que es. Podría encontrar a alguien mucho mejor.

Rafe se quedó allí sentado un momento, completamente desconcertado.

–¿Estás más preocupada por tu jefa que por tu trabajo?

–Ya encontraré otro trabajo, aunque sea lavando platos –le explicó con sencillez–. Pero Britt es buena persona... cuando no está furiosa porque JD está coqueteando con las empleadas. Yo tuve la mala suerte de ser una de esas empleadas.

Era una manera muy interesante de ver la situación.

–¿Y ahora?

Por primera vez atisbó cierta preocupación en su mirada.

–Seguro que encuentro algo enseguida.

–He oído que Barney decía algo del alquiler.

La oyó suspirar con evidente cansancio.

–Voy con un poco de retraso, pero creo que podré arreglarlo con el dinero que me ha dado por haber trabajado esta noche.

–Pero necesitas otro empleo.

Larkin lo miró ladeando la cabeza.

–¿Tiene algún puesto vacante?

A Rafe le gustó que fuera tan directa; sin falsa timidez. No abrió los ojos de par en par, no fingió, ni le lanzó una mirada que pudiera tener connotaciones sexuales. Simplemente le hizo una pregunta franca y sincera.

–Puede que tenga un trabajo para ti, sí –admitió con cautela–. Pero necesitaría hacerte algunas preguntas. ¿Te importa?

Ahí sí la vio dudar antes de negar con la cabeza.

–No, no me importa.

–Muy bien –no estaría tan bien si estaba ocultando algo. Rafe no soportaría que otra mujer la engañara con su falsa inocencia y después resultara estar llena de avaricia. No quería volver a tener nada que ver con una mujer así–. ¿Cuál es tu nombre completo?

–Larkin Anne Thatcher.

Aunque no se lo había preguntado, le proporcionó también su número de la seguridad social y su fecha de nacimiento. Rafe sacó el teléfono y le mandó los datos a Juice, un abogado que había trabajado con su hermano. Se lo habría pedido a Luc, pero habría tenido que enfrentarse a sus preguntas cuando presentara a Larkin como su novia. Sería mejor hacerlo al margen de la familia.

—¿Alguna vez te han detenido? –siguió preguntándole.

Ella meneó la cabeza de inmediato.

—No, nunca.

—¿Consumes algún tipo de droga?

Eso despertó su indignación por un momento, pero después respondió con calma.

—Jamás lo he hecho. Me han hecho análisis de drogas para algunos trabajos, incluyendo el último y no tengo ningún problema en someterme a uno ahora mismo si es necesario.

—¿Algún problema financiero?

La indignación dejó paso al sentido del humor.

—¿Aparte de que apenas llego a fin de mes? No.

—¿Problemas de salud?

—Ninguno.

—¿Experiencia laboral?

—¿De cuánto tiempo dispone? –preguntó, riéndose.

Rafe la observó con curiosidad.

—¿Tantos trabajos has tenido?

—Es una lista larga y variada.

—¿Por algún motivo?

Volvió a titubear, pero no parecía buscar evasivas, simplemente pensaba.

–He estado buscando.

–¿El trabajo perfecto en el lugar perfecto?

–Exacto –parecía contenta de que lo hubiese comprendido tan rápido.

–Me temo que yo no puedo prometerte eso, pero puede que tenga algo temporal.

Por algún motivo, parecía aliviada de que fuera así.

–Me parece bien. En realidad lo prefiero.

–¿No tienes pensado quedarte mucho tiempo en San Francisco? –Rafe hizo como si no fuera una pregunta importante, pero lo cierto era que, a pesar de lo atractiva que la encontraba, le sería más fácil proponerle aquel plan si sabía que se iría después de unos meses.

–No lo sé. Lo cierto es que estoy buscando a alguien y creo que es posible que esté aquí.

–¿Un hombre? –adivinó y eso no era nada bueno para su proyecto–. ¿Un antiguo novio?

–No. Nada de eso.

–¿Quién es entonces? –insistió.

–Si me disculpa, no creo que eso sea asunto suyo, señor Dante –le dijo con suavidad–. Pero puedo asegurarle que no repercutirá en el trabajo que vaya a ofrecerme.

Rafe decidió dejarlo estar. Al menos por el momento.

–Muy bien.

En ese momento le vibró el teléfono. Juice había respondido en un tiempo récord, lo que seguramente quería decir que Larkin Thatcher no tenía mucho que investigar. El mensaje sólo decía: *Limpia*, pero adjuntaba un correo electrónico en el que encontraría más detalles. Rafe se disculpó un momento para ir al ordenador a ver el correo, en el que no encontró nada fuera de lo normal, aparte de una larga lista de trabajos de lo más variados. Algo bastante impresionante para una persona de sólo veinticinco años.

–¿Sigue dispuesto a ofrecerme trabajo? –le preguntó ella en cuanto volvió.

Era la primera vez que se mostraba nerviosa y Rafe no tardó en adivinar el motivo.

–¿Cuánto retraso llevas con el alquiler?

Larkin se llevó la mano al bolsillo del chaleco.

–Como le he dicho, podré solucionarlo con esto.

–Pero no te quedará nada para pagar las facturas o comprar comida, ¿verdad?

Se limitó a encogerse de hombros, una respuesta que no dejaba lugar a dudas.

Rafe se detuvo a analizar las opciones que tenía, que no eran muchas. O le proponía lo que se le había ocurrido a Draco, o se olvidaba de todo. Aún podría encontrarle otro trabajo, de eso no tenía la menor duda. La cuestión era qué trabajo.

En cualquier otro momento habría escogido la segunda opción, pero, lamentablemente, lo cierto era que no sabía cuánto tiempo podría aguantar que su familia siguiese presentándole mujeres. Había llegado a un punto en el que tal comportamiento no sólo entorpecía su vida privada, también interfería en el trabajo; no podía dar un paso sin encontrarse con alguno de sus numerosos parientes y, por alguna razón, siempre iban acompañados de una mujer joven y soltera.

Necesitaba poner fin a todo aquello cuanto antes.

Pero antes de que pudiera decir nada, Larkin se puso en pie.

–Señor Dante, no parece muy seguro –le dijo, sonriendo–. Voy a hacérselo más fácil. Se lo agradezco mucho, pero no es la primera vez que estoy un poco justa de dinero. Soy como los gatos; de una manera u otra, siempre caigo de pie.

–Siéntate, Larkin –suavizó la orden con una sonrisa–. No dudo si ofrecerte trabajo o no, lo que dudo es qué trabajo ofrecerte.

Eso la hizo parpadear.

–Ah. Bueno… puedo hacer cualquier trabajo de oficina. Recepcionista, secretaria o ayudante, administrativo.

–¿Y qué le parece el trabajo de hacer de mi prometida? –Rafe cruzó los brazos sobre el pecho y enarcó una ceja–. ¿Cree que podría hacerlo?

Capítulo Dos

Larkin se quedó sin respiración por un instante. Fue como si se quedara en blanco, como si no pudiera pensar ni sentir.

–¿Perdone? –dijo por fin.

–Sí, ya lo sé –se pasó la mano por el pelo, despeinándose, lo cual no hizo sino aumentar su atractivo porque lo hizo parecer menos perfecto y distante–. Sé que parece una locura, pero en realidad es algo muy sencillo.

Larkin no se atrevió a protestar, pero lo cierto era que en aquel hombre no había nada que pareciera sencillo. Era rico y poderoso y pertenecía a una de las familias más importantes de San Francisco, los Dante. Además era increíblemente guapo y apasionado. ¿Cómo lo llamaban en las páginas de sociedad? Ah, sí, el lobo solitario, que además era el más guapo de todos los Dante.

Y era cierto.

Pero para pesar de Larkin, también era cierto que seguía tan enamorado de su difunta esposa que no quería volver a casarse nunca más. Lástima que se hubiese casado con una mujer que, a pesar de ser tan bella como el hombre que tenía delante, sólo había tenido un objetivo en la vida, conseguir todo lo que se había propuesto en la vida sin importarle el daño que pudiese ocasionar a otros.

—Antes lo he oído hablar con su hermano –le confesó–. Oí que le decía que no quería volver a casarse después de lo de Leigh.

—Leigh era mi esposa, que murió –explicó él–. Y, efectivamente, no tengo intención de volver a casarme, pero necesito una prometida. Es algo temporal.

A Larkin no solía costarle tanto entender las cosas. El problema era que no le encontraba el sentido a todo aquello.

—Temporal –repitió.

Rafe se sentó en una silla frente a ella y se inclinó hacia delante, apoyando los dos en las rodillas. Teniéndolo tan cerca era aún más difícil pensar con claridad. No comprendía nada. De todos los hombres que había en San Francisco, aquél era el último por el que debería haberse sentido atraída; pero se había derretido en cuanto había visto que la miraba con sus increíbles ojos verde jade.

—Para comprenderlo debería conocer a mi familia –dijo él.

Larkin se mordió la lengua. A menudo se encontraba en situaciones incómodas por culpa de su sinceridad. Pero no pudo contenerse del todo.

—Suelen aparecer en las revistas de chismorreo.

Le sorprendió ver que se mostró aliviado al oír eso.

—¿Entonces has leído algo sobre el Infierno?

—Sí –perfecto. Una respuesta concisa y amable, que además era verdad. Y que a él le gustó.

—Entonces no tengo que explicarle lo que es o que mi familia, la mayoría de sus miembros al menos, cree que realmente existe.

—Pero usted no –dedujo por su manera de decirlo.

En sus labios apareció una sonrisa maliciosa y deliciosamente atractiva.

–¿Te sorprende?

–Un poco –admitió Larkin. No encontraba una manera de hacer la siguiente pregunta con tacto, así que la soltó y esperó no tener que arrepentirse–. ¿Y su esposa?

–Nunca. Nunca sentimos nada parecido al Infierno. Me alegro de que fuera así; no habría querido sentirlo con ella.

Larkin se quedó boquiabierta.

–Pero…

Él la interrumpió con frialdad y pragmatismo.

–Te lo explicaré en pocas palabras. Mi esposa y yo estábamos a punto de divorciarnos cuando ella murió, así que de haber vivido el Infierno, habría sido el del demonio y el fuego y no ese cuento de hadas que tiene fascinada a mi familia.

–Pero dice que no quiere volver a casarse… –recordó con delicadeza.

–Porque no quiero volver a pasar por ese infierno.

–Claro, lo comprendo –y, conociendo a Leigh, no lo culpaba en absoluto–. Pero eso no explica por qué necesita una prometida temporal.

–Hace poco mi familia se enteró de que Leigh y yo no habíamos sentido el Infierno.

Larkin adivinó el resto rápidamente.

–Y están intentando encontrar a una mujer que se lo haga sentir de verdad.

–Eso es. Su empeño está convirtiéndose en un verdadero problema para mí y, como no piensan parar hasta encontrarla, he decidido hacerlo yo.

Su sonrisa se hizo más grande. Una sonrisa que habría resultado espectacular de no ser por la frialdad que había en sus ojos y que denotaba cierto vacío. Larkin sintió que se le encogía el corazón. Siempre había sentido debilidad por los desvalidos y abandonados. De hecho, su sueño era poder trabajar algún día en alguna organización que se dedicara a salvar animales abandonados. Tenía la sensación de que, a pesar del dinero y el poder, y del amor de su numerosa familia, Rafe Dante era una persona desvalida y abandonada, lo cual era un verdadero peligro para ella y para su corazón.

—¿Quiere hacerles creer que ha experimentado el Infierno conmigo? —quiso aclarar.

—En pocas palabras, sí. Quiero que lo crea toda mi familia y para ello, nos prometeremos y, unos meses después, dirás que no puedes casarte conmigo. Estoy seguro de que te daré motivos de sobra para romper el compromiso, tras lo cual me abandonarás y desaparecerás. Yo, por supuesto, me quedaré destrozado después de haber encontrado a mi amor del Infierno y haberlo perdido. Como es natural, mi familia se apiadará de mí y nadie se atreverá a presentarme a más mujeres —concluyó con satisfacción—. Y fin del problema.

—¿Y por qué cree que no seguirán buscándole novia?

—Porque si tú eres mi alma gemela, no servirá de nada que busquen a otra —le explicó con lógica aplastante—. O eras mi amor del Infierno, o es que ese Infierno no existe realmente. No sé por qué, pero sospecho que antes de admitir que la leyenda de la familia es una fantasía, preferirán creer que mi único y verdadero amor me ha abandonado. Después de eso, no tendré más remedio que continuar con mi triste y solitaria existencia sin encontrar jamás la dicha conyugal. Una tragedia, sin duda, pero conseguiré superarlo.

Larkin meneó la cabeza con fingida admiración.

—Impresionante.

—Lo sé.

Ella tomó aire y lo soltó poco a poco.

—Señor Dante...

—Rafe.

—Rafe. Creo que deberías saber un par de cosas de mí. Para empezar, no se me da bien mentir.

Abrió la boca para mencionar la segunda cosa, que sin duda daría al traste para siempre con aquella oferta de trabajo. Pero no tuvo oportunidad de hacerlo porque Rafe la interrumpió con determinación.

—Ya me había fijado y admiro tu honestidad. Será la clave para convencer a mi familia de que estamos inmersos en el Infierno.

Su mente se quedó en blanco como si una ráfaga de viento hubiese barrido cualquier pensamiento como hojas secas.

—¿Cómo?

—Vamos a hacer un pequeño experimento. Si no funciona, nos olvidaremos del plan y buscaré a otra persona. De todos modos te daré un trabajo, pero será algo más convencional —la miró fijamente—. Pero si el experimento funciona, pondremos el plan en marcha.

—¿Qué clase de experimento? —preguntó con cierta inquietud.

—Primero quiero establecer ciertos parámetros.

–¿Parámetros?

¿Cómo había podido creer Leigh que podría controlar a aquel hombre? Gracias al sexo, claro. Sin embargo, por lo que había visto en el rato que llevaba con Rafe, Larkin tenía la sensación de que tampoco eso funcionaría durante mucho tiempo y, en cualquier caso, sólo serviría dentro de los confines del dormitorio.

–Por encima de todo, soy un hombre de negocios y, antes de que sigamos adelante, quiero asegurarme de que estamos completamente de acuerdo.

Larkin hizo un esfuerzo para no sonreír.

–¿Por qué no me explica cuáles son esos parámetros y así veremos a qué clase de acuerdo llegamos?

–Primero, tengo que dejar muy claro que será una relación temporal; acabará en cuanto que cualquiera de los dos queramos ponerle fin.

Larkin lo pensó un momento y después se encogió de hombros.

–Me parece que en eso es igual que un compromiso de verdad.

–Lo que nos lleva al siguiente punto. Tú no quieres mentir, ni yo quiero que lo hagas, así que desde el momento en que nos comprometamos, el compromiso será de verdad. La única diferencia es que tarde o temprano romperemos y, cuando eso ocurra, recibirás una justa compensación.

–Será un compromiso de verdad, pero estamos planificando la ruptura –Larkin enarcó una ceja–. La verdad es que no creo que ambas cosas sean compatibles.

Rafe titubeó y, a pesar de su aparente frialdad, en sus ojos apareció algo parecido al dolor.

–A mí no se me dan bien las relaciones –confesó–. Al menos eso es lo que me han dicho. Me imagino que lo comprobarás enseguida y estarás encantada de poner fin a la relación, pero hasta entonces, será como cualquier noviazgo, incluyendo el anillo de compromiso y los planes de boda –apretó los labios antes de añadir–: Aunque prefiero que la fecha sea lo más lejana posible, para no tener que fijar fechas, ni hacer ningún tipo de adelanto de dinero.

Larkin sonrió con sentido del humor.

–No queremos apresurarnos después de tu primera experiencia con el matrimonio. Es mejor un noviazgo largo para estar bien seguros.

–¿Lo ves? Ya has comprendido cómo funciona esto.

Parecía tener el mismo sentido del humor; de hecho, esa vez la sonrisa le llegó a los ojos. De no haber estado sentada, seguramente le habrían flaqueado las rodillas. Era el hombre más guapo que había visto en su vida. No era justo que un solo hombre tuviera tanta belleza. Unos pómulos marcados, una barbilla pronunciada y una boca perfecta para besar: mirara donde mirara, todo era impresionante. Incluso el pelo era perfecto, un tono castaño salpicado de reflejos dorados como el sol. Pero lo que más le más le fascinaba eran sus ojos, de un color verde como el jade que parecía oscurecerse como un bosque cubierto de sombras dependiendo de su estado de ánimo.

–¿Y cómo lo haremos? –le preguntó por fin–. Si decido aceptar.

Le vio fruncir el ceño e incluso eso le pareció atractivo.

–Puede que no funcione –admitió–. Creo que será fácil saberlo, pero tendrás que confiar en mí.

Larkin tomó aire y se lanzó al vacío.

–De acuerdo. ¿De qué se trata?

–Es una prueba muy sencilla. Si no la superamos, nos olvidamos de todo y te busco un trabajo en la empresa. Pero si funciona, podremos dar el siguiente paso.

–¿Qué clase de prueba? –preguntó con cautela.

–Ésta.

Rafe se puso en pie, se colocó delante de ella y le tendió una mano. Ella se levantó también y le dio la mano. En cuando le rozó los dedos sintió una explosión de calor, una especie de chispa que le atravesó la piel e incluso los huesos. No le dolió. No exactamente. Fue como si… como si sus manos se fundieran. Larkin retiró la mano y lo miró, desconcertada.

–¿Qué ha sido eso? –preguntaron los dos al unísono.

Rafe dio un paso atrás y la miró con desconfianza.

–¿Tú también lo has sentido?

–Claro –se frotó la mano contra los pantalones para intentar borrar la sensación, pero no sirvió de nada–. ¿Qué ha sido?

–No tengo ni idea.

Larkin se miró la palma de la mano. No tenía ninguna marca que reflejara el calor que había experimentado de pronto.

–No ha sido… –se aclaró la garganta–. No es posible que haya sido…

Vio la misma sorpresa en su rostro, el mismo empeño en negarlo. Pero entonces apareció en su rostro una expresión calculadora.

–¿El Infierno? –murmuró–. ¿Por qué no? Qué demonios.

–No hablas en serio, ¿verdad? –preguntó, anonadada.

–Personalmente, no creo en ello, pero las descripciones que he oído se parecen mucho a lo que acabamos de sentir.

–¿Ésa era la prueba? ¿Querías ver si sentíamos el Infierno al tocarnos?

–No. La verdad es que iba a besarte.

Larkin dio un paso atrás, no sabía si le sorprendía más la idea o la frialdad con que lo había dicho.

–¿Por qué?

–No tiene ningún sentido que digamos que estamos prometidos si no te sientes atraída por mí –explicó–. Mi familia se daría cuenta enseguida.

Larkin volvió a mirarse la palma de la mano y se la frotó contra la otra.

–¿Entonces lo que acaba de pasar no es más que una coincidencia?

–Eso espero.

Vaya. Levantó la mirada hasta sus ojos y, al encontrarse con ellos, el calor que aún manaba de su mano se extendió por todo su cuerpo. Se hizo más intenso, más profundo. De pronto la invadió una peligrosa curiosidad que hizo que pronunciara unas palabras que no tenía intención de decir. Pero salieron de su boca y quedaron flotando en el aire.

–Has dicho que ibas a besarme.

Él dio dos pasos. Larkin sabía lo que iba a hacer, podía verlo en su mirada, en la decisión que transmitía la expresión de su rostro. Tuvo oportunidad de escapar, pero por algún motivo no pudo elegir la solución más sencilla. Otro rasgo de su personalidad, o quizá otro defecto, dependiendo de las circunstancias. El caso fue que se quedó allí, completamente inmóvil, y dejó que la estrechara en sus brazos.

Era un error por muchas razones. Por Leigh. Porque no era real. Porque, por mucho que quisiera negarlo, el deseo crecía dentro de ella como la marea antes de una tormenta hasta el punto de impedirle pensar. Aún no la había besado y ya se había rendido a él, olvidándose por completo del sentido común.

Lo vio inclinarse y esperó su beso, un beso que no llegó.

—Parece algo real, ¿verdad? —susurró él—. Puede que sea real. Quizá esto del compromiso no sea tan mala idea. Tendremos que averiguar qué significa todo esto.

—¿El qué? —consiguió preguntar Larkin.

—Esto…

Cuando por fin llegó, el beso la golpeó con la fuerza de un huracán. No tenía la menor duda de que Rafe tenía pensado que fuera algo suave, nada más que una prueba. Pero en cuanto la tocó, la pasión se apoderó de ella y la impulsó a echarle los brazos alrededor del cuello.

No fue ninguna sorpresa que sus besos fueran tan increíbles como su belleza. Con esa boca, ¿cómo iba a besar mal? La furia de sus labios reveló su falta de control, pero también había una ternura que la impulsó a abrir la boca y dejar que la saboreara un poco más. Mientras, se acurrucó contra su cuerpo, contra esos músculos masculinos que contrastaban con sus curvas redondeadas. Él bajó las manos por su espalda y titubeó un segundo antes de agarrarle el trasero para apretarla contra sí. Larkin se vio invadida por un sinfín de sensaciones. Su olor y su sabor la hicieron estremecer, embriagada por una experiencia completamente nueva.

¿Cómo era posible que un simple beso, o quizá no tan simple, pudiera tener tal efecto? Había besado a muchos otros hombres, había considerado la idea de acostarse con algunos de ellos, había permitido que la tocaran y había satisfecho su curiosidad tocándolos también. Pero jamás había sentido nada como lo que Rafe Dante le había hecho sentir con un solo beso.

¿Sería eso lo que le había pasado a Leigh?

La idea la devolvió de golpe a la realidad. Se apartó de él murmurando algo sin sentido y, sin darse cuenta, se llevó unos dedos temblorosos a los labios. Aún estaban húmedos y latían al mismo ritmo que lo había hecho su mano. Miró a Rafe y vio que también él tenía la respiración acelerada.

–Creo que podemos decir que nos sentimos atraídos el uno por el otro –afirmó ella.

–Desde luego.

Su voz era más profunda de lo normal, estaba empapada de una emoción que brillaba en sus ojos como un fuego verde. Se apartó de ella para ir a servirse un whisky.

–¿Quieres?

Larkin negó con la cabeza. Siempre había sido una persona muy sincera, pero el alcohol hacía que se olvidara de cualquier inhibición y no pudiera controlar lo que decía. No había manera de prever lo que diría si se tomaba una copa en esos momentos.

Él se bebió todo el vaso de un trago y luego se volvió a mirarlo.

–Ha sido… inesperado.

–Échale la culpa al Infierno –bromeó ella.

–Pienso hacerlo.

Lo miró sin saber muy bien qué había querido decir. No sabía si estaba molesto por lo que había sucedido o se sentía aliviado. Claro que quizá no le importara lo más mínimo. O quizá era un poco de todo. Estaba molesto porque aquella reacción que habían tenido el uno con el otro era una complicación y había estado a punto de perder el control de la situación. Quizá se sentía aliviado porque dicha reacción los ayudaría a poner en práctica el plan. Y, en cuanto a lo de que no le importara lo más mínimo…

No, en eso se había equivocado. Por mucho que lo intentara, no podía ocultar su pasión.

Larkin tenía que tomar una decisión. Podía darse la vuelta y salir de allí para no volver jamás. Podía decirle quién era y lo que quería. O podía seguir adelante con el plan y ver qué pasaba. El sentido común le decía que escapara mientras pudiera, o que al menos le explicara que aquella locura no podría salir bien. Quizá habría hecho algo de eso, habría elegido la opción menos peligrosa… si él no la hubiera besado.

–¿Deduzco que acabamos de comprometernos? –preguntó en tono distendido.

Rafe dudó un momento.

–Eso creo –respondió por fin.

–¿Y tu familia va a creerse que de repente creas fervientemente en el Infierno después de un solo beso?

–Teniendo en cuenta que es lo que les ha pasado a todos y cada uno de los hombres de la familia, sí.

–¿Ninguno de ellos creía en el Infierno?

–Mi primo Marco, sí. Seguramente sea el más romántico de todos los Dante.

–Pero los demás no creían –supuso Larkin.

–Es que no es lógico –señaló él–. Es rocambolesco como mínimo e incluso absurdo si se analiza desde un punto de vista más racional.

–A mí me parece muy dulce.

Eso lo hizo sonreír.

–Es lo que piensan la mayoría de las mujeres.

Larkin se sintió incómoda.

–¿Y ahora, qué?

–Voy a llevarte a casa. Nos veremos mañana por la mañana para idear la estrategia.

–La estrategia –repitió antes de echarse a reír–. No me digas que eres de esas personas organizadas y dispuestas a cambiarlo todo.

–Alguien tiene que hacerlo. Y supongo que tú eres de ésas que se dejan llevar por el instinto y toman la vida tal como les viene, ¿verdad?

Larkin arrugó la nariz.

–Ya sabes que los polos opuestos se atraen.

–No te preocupes. Yo lo organizaré todo, tú sólo tienes que dejarte llevar por la corriente.

Lo miró de nuevo y esbozó una sonrisa.

–Supongo que sabrás que el control no es más que una fantasía.

Él sonrió también.

–Lo que tú digas. Por el momento, deja que te lleve a casa y me haga la ilusión de estar controlando la situación mientras tú te dejas llevar.

–Está bien.

Al salir por la puerta, Rafe le puso la mano en la espalda con absoluta normalidad, pero el gesto provocó otra descarga eléctrica que hizo que se le cayera el bolso. Lo único que pudo hacer fue darse la vuelta y mirarlo con impotencia.

–Larkin –murmuró él antes de volver a estrecharla en sus brazos.

¿Cómo era posible que algo que estaba tan mal la hiciera sentir tan bien? Por nada del mundo debería haber permitido que el marido de Leigh la besara, pero no podía resistirse, como tampoco había podido resistirse a su descabellado plan. Porque cuando la tocaba, era como si de repente todo tuviese sentido. Probablemente fuera porque no podía pensar. Sólo podía sentir.

La apretó contra sí hasta que Larkin oyó los latidos de su corazón y el ritmo acelerado de su respiración. Le cubrió la cara de besos antes de volver a apoderarse de su boca. Sí, sí, aquello era lo que deseaba, lo que necesitaba desesperadamente, tanto como el aire que respiraba. Ella se hizo con el control de la situación y le dio todo lo que tenía.

Oyó su voz profunda y gutural, palabras de deseo. Y entonces todo se movió cuando él la levantó en brazos y la llevó de nuevo al sofá.

–Acabamos de conocernos –consiguió decir Larkin mientras él se tumbaba sobre ella.

Sus cuerpos parecían encajar como dos piezas de puzle.

–A veces es así.

–¿Cuándo? ¿A quién?

–Ahora. A nosotros.

No tenía ningún sentido. Se suponía que Rafe era una persona racional que jamás perdía el control, pero estaba claro que, fuera lo que fuera lo que había sucedido entre ellos, lo había golpeado con tanta fuerza como a ella. Larkin lo deseaba desesperadamente, con un ansia que aumentaba a cada segundo.

Rafe se deshizo del chaleco del uniforme con una rapidez impresionante y después hizo lo mismo con la blusa, desabrochando un botón tras otro hasta dejarle los hombros al aire. Entonces hizo una pausa para acariciarla.

–Dios –susurró–. Me dejas sin aliento.

Nadie le había dicho nunca nada parecido. Y, al verse a través de sus ojos, Larkin se sintió hermosa. Sintió sus manos sobre la tela del sujetador, un sencillo modelo de algodón negro, y se le endurecieron los pezones de inmediato, al tiempo que el calor que había comenzado en su mano la invadía por completo, hasta llegar al centro de su feminidad.

–Rafe…

Ahora era su turno. Ahora le tocaba a ella acariciar y explorar. Le puso la mano en la cara y se dejó llevar por la tentación de trazar la línea de sus labios, de deleitarse en la belleza masculina de los ángulos de su rostro. Nada más verlo en la fiesta le había parecido un hombre tremendamente distante. Jamás habría podido imaginar que sólo unas horas después estaría allí, entre sus brazos. ¿Quién sabía si volvería a tener tal oportunidad? Seguramente cuando recobraran la cordura él insistiría en añadir una nueva norma al plan, la de no tocarse porque estaba claro que era demasiado peligroso.

No pudo resistirse al deseo de sumergir los dedos en su cabello para después besarlo en la boca. Jamás podría saciarse de él, de sus besos, de sus caricias, de la presión de su cuerpo.

Le quitó la corbata para después empezar a desabrocharle los botones de la camisa que le impedían acceder a su piel. Lo sintió gruñir de placer cuando por fin bajó la mano hasta su pantalón, hasta el bulto que formaba la tela.

Fue entonces cuando lo oyeron.

–¿Rafaelo? –dijo alguien al otro lado de la puerta de la oficina–. ¿Dónde estás, muchacho?

Rafe maldijo entre dientes antes de levantarse y ayudar a Larkin a hacer lo mismo.

–Un momento –dijo.

Larkin procuró recuperar la compostura, o al menos fingir que lo había hecho.

–¿Quién es? –le preguntó en voz baja.

–Mi abuelo.

Ella abrió los ojos de par en par y comenzó a abrocharse la camisa a toda prisa. Oyó un murmullo al otro lado de la puerta. Era una voz de mujer.

–Nonna –confirmó Rafe con pesar mientras se recomponía también–. Mi abuela.

–No digas tonterías –se oyó decir a su abuelo–. Es una oficina y no puede estar en medio de una reunión a estas horas. ¿Por qué voy a quedarme aquí esperando?

–Porque no te ha invitado a pasar.

–Ya me invito yo –fue la indignada respuesta.

Una vez dicho eso, giró el picaporte y entró. Rafe debió de adivinar que iba a hacerlo porque se colocó delante de ella para que pudiera terminar de ponerse el chaleco. Claro que no sirvió de mucho, puesto que él aún tenía la camisa desabrochada y por fuera de los pantalones.

–Te estaba buscando, Rafaelo –anunció el anciano–. Quiero que conozcas a alguien.

Rafe suspiró.

–Estoy seguro. Pero ya no hace falta.

–Claro que hace falta. Tienes que conocer al mayor número de mujeres posible. ¿Cómo si no vas a encontrar a tu alma gemela?

Larkin se asomó a mirar y vio que Nonna observaba la escena con los ojos abiertos de par en par.

–¿Quién es ésa? –preguntó.

Larkin respiró hondo antes de salir de detrás de Rafe. Sabía perfectamente que tenía el aspecto de haber estado haciendo lo que había estado haciendo. Seguro que tenía los labios rojos y un rubor en las mejillas que la delataba. La imagen de Rafe no era mucho mejor, sobre todo si la comparaba con el aire frío y formal de unos minutos antes. Sin duda sus abuelos se habían dado cuenta de eso… y de mucho más.

El abuelo detuvo la mirada en los botones de su blusa, por lo que Larkin imaginó que se había abrochado mal o quizá se había dejado alguno abierto. Nonna, por su parte, observaba el desaguisado que Rafe había hecho en su cabello.

–Hola –dijo con una enorme sonrisa en los labios–. Soy Larkin Thatcher.

–¿Trabajas para la empresa del catering? –preguntó el abuelo, mirándola de arriba abajo una vez más.

–Ya no. Me han despedido.

Por lo visto, no sabían qué responder, así que Larkin se apresuró a romper el silencio. No podía evitarlo. Era otro de sus defectos. Leigh siempre se había metido con ella por eso.

–Ha sido culpa mía –dijo–. Se me cayó una bandeja y eso es algo inadmisible. Lo bueno es que si no hubiera sido así, no habría conocido a Rafe. Aún no hemos terminado de hablarlo, pero creo que estamos prometidos.

Capítulo Tres

–Prometidos –repitieron Primo y Nonna al unísono.

Primo parecía escandalizado, Nonna, atónita.

–Más o menos –Larkin miró a Rafe con cierta aprensión, dando a entender que era consciente de que se había precipitado un poco–. O quizá ya no. Para ser sincera, no estoy del todo segura de cuál es la situación exactamente porque estábamos… –se pasó las manos por el pelo y por los botones mal abrochados del chaleco–. Bueno, nos hemos distraído.

Rafe gruñó a su lado.

Ella lo miró un momento y luego volvió a dirigirse a sus abuelos, que no parecían muy contentos con la reacción de su nieto.

–En realidad estábamos muy bien –se apresuró a decir ella para calmarlos.

Rafe se hizo cargo de la situación.

–Digamos que en cuanto nos tocamos, las cosas se nos fueron de las manos.

–¿Por fin te ha pasado? –preguntó Primo–. ¿Has sentido el Infierno?

Rafe titubeó, no pudo ocultar la reticencia que sin duda apareció en su rostro. Desde luego había sentido algo cuando Larkin y él se habían tocado por primera vez pero, ¿sería el Infierno? ¿Una conexión para toda la vida? Realmente, seguía sin creérselo.

–El tiempo lo dirá –se limitó a decir.

Para su sorpresa, la sincera reticencia que denotaban sus palabras sirvió para que sus abuelos se tragaran fácilmente lo que les estaban diciendo y Rafe llegó a la conclusión de que, si se hubiera mostrado completamente convencido, habría conseguido el efecto contrario. Eso sin duda habría provocado sus sospechas ante tan repentino cambio de actitud.

Al mirar a Larkin se dio cuenta de que Primo y Nonna no eran los únicos que habían percibido sus reticencias. Larkin también se había dado cuenta. Pero ¿acaso no era eso en lo que habían quedado? ¿No era ése el motivo por el que la había contratado? ¿Para que fuera su prometida temporal? Eso sería todo: tendrían una relación pasajera que estaría muy bien mientras durara y que, cuando llegara a su fin, les proporcionaría a cada uno lo que necesitaban. A él le serviría para que lo dejaran tranquilo y ella recibiría una buena cantidad de dinero para resolver sus problemas económicos.

¿Entonces por qué parecía decepcionada? ¿A qué se debía esa expresión de pesar tan profundamente femenina y que hacía pensar en las fantasías y los sueños de cualquier niña? Una expresión que provocó en él una extraña reacción que parecía impulsarlo a darle todo lo que desease. Claro que, incluso aunque lo deseara, no habría podido hacerlo. Había sido completamente sincero con ella: jamás podría satisfacer sus deseos porque era incapaz de hacer feliz a ninguna mujer. Cuanto antes lo aceptara Larkin, mejor sería para ambos.

–Tengo que llevar a Larkin a casa –anunció entonces–. Hablaremos del Infierno después de que haya tenido tiempo de explicárselo a mí... –hizo una pausa antes de añadir con una sonrisa–: A mi prometida.

Primo se disponía a protestar, pero Nonna lo hizo callar antes de que pudiera hacerlo.

–Te llamaremos mañana para organizar algo y conocer a Larkin como debe ser –declaró su abuela–. Seguro que tus padres también quieren conocerla.

–Preferiría tomarnos todo esto con calma –dijo Rafe–. Ahora, si nos disculpáis.

–Primero prométeme que la dejarás en casa y te marcharás rápidamente. No quiero nada como lo que hemos interrumpido –le advirtió su abuelo–. Si no, en lugar de prometida, tendrás una esposa, como Luciano.

Rafe apretó los labios. Conocía bien aquel tono y aquella mirada. No le iría mal acordarse de que su primo se había visto obligado a casarse sólo veinticuatro horas después de que lo sorprendieran en pleno acto sexual con su novia.

–Sí, Primo, te lo prometo. La dejaré en casa tal y como la encontré.

–*Era troppo poco e troppo tardi.* Me temo que ya es demasiado tarde para eso, pero no habrá más... –señaló el modo en que Larkin llevaba el uniforme– más botones mal abrochados hasta que le hayas puesto un anillo en el dedo.

–Comprendo.

–¿Y lo prometes? –insistió Primo.

Rafe asintió con un suspiro, pues sabía que no tardaría en lamentar aquella promesa.

–Sí. Lo prometo.

–Muy bien. Entonces llévala a casa. Tu abuela te

llamará mañana para fijar un momento mejor para que Larkin conozca a tu familia.

Larkin se acercó y le tendió la mano a Primo.

–Ha sido un placer conocerlo.

–Yo no doy la mano a las mujeres hermosas –aseguró el anciano y después le dio un abrazo de oso que casi la hizo desaparecer entre sus brazos.

Después, Larkin y su abuela se abrazaron. Rafe se preocupó al ver que Larkin tenía lágrimas en los ojos. Seguramente estaba alterada por todo lo que le había sucedido aquel día. Primero los nervios de trabajar para un cliente importante por primera vez, después había perdido el trabajo, luego la propuesta de Rafe y más tarde lo que había estado a punto de ocurrir en el sofá. Sin duda había sido demasiado y demasiado rápido.

Rafe no perdió el tiempo; agarró sus cosas con una mano, a Larkin con la otra e hizo salir a todo el mundo de la oficina. Enseguida se despidió de sus abuelos sin darles la oportunidad de hacer más preguntas. Larkin y él fueron hasta el aparcamiento en silencio, pero en cuanto se encontraron en el coche, ella se ladeó para mirarlo.

–¿A qué se refería tu abuelo con eso de que Luciano había acabado con una esposa en lugar de con una prometida?

–Los pillaron in fraganti, no sé si me entiendes.

Larkin abrió los ojos de par en par, horrorizada.

–¿Primo y Nonna?

–No, la abuela de Téa y tres hermanas suyas. Su abuela es muy amiga de Nonna –le explicó–. Cuando Primo se enteró obligó a Luc a hacer lo que debía.

–¿Y eso es casarse?

Rafe la miró con preocupación.

–Todo salió bien. Estaban muy enamorados, de hecho aseguran que sintieron el Infierno la primera vez que se tocaron –pero eso no bastó para tranquilizarla, así que siguió intentándolo–. Mi matrimonio no fue precisamente un ejemplo de romanticismo y felicidad, pero Luc y Téa parecen estar verdaderamente enamorados. Quién sabe, quizá su matrimonio dure tanto como el de mis abuelos.

Larkin se quedó callada un momento, lo que Rafe tomó como una mala señal. Si había aprendido algo de Larkin en las últimas horas, era que no solía guardar silencio. Por supuesto, no tardó en volver a hablar.

–Creo que no puedo hacerlo –anunció–. No me gusta engañar a nadie, y menos a gente tan amable como tus abuelos. Para ellos el matrimonio y eso del Infierno son cosas muy serias.

–Por eso es tan interesante. Porque no estamos engañando a nadie –respondió Rafe después de poner el motor en marcha. Se detuvo en la salida del aparcamiento y esperó a que Larkin le dijera su dirección–. Reconócelo. Los dos hemos sentido algo al tocarnos.

Las luces de la calle le permitieron ver la expresión de tristeza que tenía Larkin. Se miraba la palma de la mano y se la frotaba del mismo modo que se lo había visto hacer a todos los miembros de su familia que habían sucumbido al Infierno.

Por lo que él sabía, nadie que no fuera de su familia conocía dicho gesto que todos aceptaban como un efecto secundario del chispazo que se sufría cuando uno encontraba a su alma gemela del Infierno.

Rafe sólo esperaba no sentir nunca aquel picor. Era cierto que notaba una especie de latido en la mano y quizá un cosquilleo, pero eso no quería decir que le picara o que fuera a ponerse a frotarse la palma de la mano.

–He sentido algo, así –admitió por fin con un murmuro–. Pero eso no quiere decir que se trate del Infierno ése de tu familia, ¿verdad?

–Por supuesto que no –aseguró Rafe de inmediato, sin saber si pretendía convencer a Larkin o a sí mismo–. Lo que importa es que tampoco podemos asegurar con certeza que no lo fuera, al menos por el momento. Hasta entonces, vamos a asumir que sí lo sea y eso será lo que le diremos a mi familia.

–¿Y nos creerán? –preguntó con escepticismo.

–Sí.

–Pero tú no crees que sea cierto.

–No tengo ni idea –mintió sin titubear–. Podría ser el Infierno, pero también pudo ser la electricidad estática. O quizá no fuera más que una rara coincidencia. El caso es que no mentiremos cuando le digamos a mi familia que puede que fuera el Infierno. Hasta que lo sepamos con certeza, seguiremos adelante con nuestro plan.

–Tu plan.

Rafe se detuvo en un semáforo y la miró. En sus ojos brillaba una emoción secreta. Realmente no la conocía; sólo tenía un montón de datos que le había proporcionado Juice, pero aún debía descubrir lo que había detrás de dicha información. En el poco tiempo que hacía que la conocía había llegado a la conclusión de que lo que iba a descubrir iba a resultarle interesante e intrincado.

Estaba deseando empezar a conocerla a fondo.

–Puede que al principio fuera mi plan, pero desde que les dijiste a mis abuelos que eras mi prometida, pasó a ser de los dos.

–Pero es mentira.

–Lo primero que haré el lunes por la mañana será comprarte un anillo. ¿Crees que entonces dejará de parecerte mentira?

–¿Un anillo? –preguntó con evidente sorpresa.

–Claro. Es lo que se supone que hay que hacer –en sus labios apareció una pícara sonrisa–. Por si no te has dado cuenta, la especialidad de los Dante son los anillos, especialmente los de compromiso.

Larkin dejó un poco de lado la preocupación y sonrió también.

–Sí, creo que algo he oído.

–Cuando rompamos, podrás quedarte ese anillo como parte de tu retribución.

–Cuando rompamos –repitió ella murmurando.

–Esto no va a durar, Larkin –le advirtió Rafe–. Fuera lo que fuera lo que sentimos antes, fue culpa del deseo y eso es algo que desaparece con el tiempo.

–Eres muy cínico –dijo con un tono de voz neutro, pero había algo de amargura en sus palabras.

–Puede que sea porque ya he pasado por ello.

–Quizá entonces no elegiste a la mujer adecuada.

–De eso no tengo ninguna duda.

–Quizá con la mujer adecuada…

–¿Contigo, por ejemplo? –detuvo el coche frente a un viejo edificio de apartamentos–. ¿Es eso lo que esperas, Larkin?

–No, claro que no –negó ella de inmediato–. Sólo pensaba que…

Rafe estuvo a punto de decir que no la había contratado para pensar, pero se mordió la lengua en el último segundo. Normalmente él era una persona amable y desde luego Larkin no se merecía que pagara con ella la rabia que le había provocado el fracaso de su matrimonio. El problema era que hablar de Leigh sacaba lo peor de él.

Tampoco tenía ningún sentido hacer algo que pudiera alejarla, sobre todo después de habérsela presentado a sus abuelos. ¿Y si desaparecía esa misma noche? Quizá no cambiase nada, quizá su familia creyese que, en sólo unas horas, había encontrado a su alma gemela y la había perdido. Claro que quizá pensaran que lo había preparado todo… o peor aún, que lo que había sentido no había sido el Infierno, sino pura y simple lujuria.

No, lo mejor era seguir con el plan. Dejar que su familia tuviera algunos meses para llegar a la conclusión de que había conocido el Infierno. Después Larkin lo abandonaría, su familia por fin lo dejaría tranquilo y podría seguir con su vida. Hasta entonces haría todo lo que fuese necesario para que su nueva prometida cumpliese con su parte del trato.

–¿Qué estás pensando? –la voz suave de Larkin puso fin al silencio.

–Mañana es sábado. Como te han echado del trabajo, supongo que tendrás el día libre.

–La verdad es que debería buscar otro trabajo.

–Ya tienes otro trabajo –le recordó–. Ahora estás trabajando para mí.

–Me refiero a un trabajo de verdad –matizó ella. ¿Acaso no lo comprendía?

–Esto es un trabajo de verdad, al que vas a tener

que dedicar cada minuto de tu tiempo, a partir de mañana.

—¿Qué pasa mañana?

—Te voy a presentar oficialmente a algunos parientes más.

—Rafe… —meneó la cabeza—. En serio. Creo que no puedo hacerlo.

Rafe le tomó una mano entre las suyas. El cosquilleo de su mano se intensificó en cuanto la rozó.

—Esto es de verdad, sólo te pido que me ayudes a averiguar qué es exactamente. Si mi familia tiene razón y se trata del Infierno, tendremos que decidir qué hacer al respecto.

—¿Y si no lo es?

—No pasará nada —dijo, encogiéndose de hombros—. Podremos seguir con nuestra vida cada uno por nuestro lado. Recibirás una compensación económica por todo el tiempo que te quite de la búsqueda de ese misterioso hombre, y yo conseguiré que me dejen en paz de una vez por todas.

—¿De verdad es eso lo que quieres? —le preguntó ella, visiblemente preocupada—. ¿Eso es lo que te hizo esa mujer, te convirtió en el lobo solitario, como te llaman en las páginas del corazón?

—Sí, es lo que quiero. Así es como soy —se negaba a admitir que Leigh tuviese nada que ver con ello; no tenía tanto poder sobre él. Ya no—. Y tengo intención de conseguirlo.

Larkin se quedó en silencio unos segundos y luego asintió.

—Está bien. Lo haré, aunque sólo sea para paliar un poco el daño que te hizo tu mujer —Rafe abrió la boca para protestar, pero ella siguió hablando—. Pero sólo hasta que sepamos con certeza si es el Infierno o no.

Si la única manera de hacerla participar era convirtiéndolo en una buena obra, así sería. Quién sabía. Quizá funcionara. Cosas más extrañas se habían visto.

–Me parece bien –dijo antes de salir del coche e ir hacia su lado para ayudarla a salir–. Te acompaño hasta tu casa.

–No es necesario.

–Insisto.

Larkin lo miró con una sonrisa en los labios

–Crees que me voy a escapar, ¿verdad?

–La verdad es que se me ha pasado por la cabeza –reconoció.

La sonrisa desapareció.

–No me conoces lo bastante para saberlo, pero te diré que siempre cumplo lo que prometo. Siempre.

–Por fin ha llegado, señorita Thatcher. Empezaba a pensar que se me había escapado –la voz procedía del apartamento del encargado del edificio, de donde salió un hombre corpulento de unos sesenta años que miró a Larkin con gesto severo–. ¿Tiene el dinero del alquiler?

–Aquí tiene, señor Connell –Larkin le dio los billetes que llevaba en el bolsillo del chaleco.

El hombre contó el dinero, asintió y luego hizo un gesto hacia las escaleras.

–Tiene diez minutos para recoger sus cosas.

Larkin se puso en tensión.

–Señor Connell, le prometo que a partir de ahora le pagaré siempre con puntualidad. Yo nunca…

–Sabe bien que no se trata de eso –le dijo con algo

más de dulzura, pero enseguida recuperó la dureza, pero dio la sensación de que tuvo que hacer un esfuerzo–. Ya sabe cuáles son las normas sobre animales. Dentro de diez minutos voy a llamar al servicio de control de animales y creo que tendrán algo que decir sobre su… perro.

Larkin se quedó pálida al oír eso.

–No se preocupe, señor Connell. Nos marcharemos enseguida.

Rafe tuvo la impresión de que al conserje no le habría importado romper las reglas por Larkin, si hubiera tenido la menor posibilidad.

–San Francisco no es un buen lugar para ese animal, señorita Thatcher. Necesita más espacio.

–Lo sé.

Rafe se aclaró la garganta antes de intervenir.

–Quizá se pueda solucionar subiendo un poco el alquiler –sugirió–. ¿Sería posible añadir una fianza por los posibles desperfectos que pudiera ocasionar el perro?

Connell lo miró fijamente, comprendiendo de inmediato lo que pretendía decirle.

–No es una cuestión de dinero –dijo finalmente, negando con la cabeza–. El problema no es ése, ni que se haya retrasado con el alquiler. La señorita Thatcher es una persona honesta, al menos en lo que se refiere al alquiler –añadió con una mueca–. Porque con respecto al animal…

–No tenía otra alternativa –se apresuró a decir Larkin–. Era la única manera de salvarla.

Pero no parecía dispuesto a dejarse convencer.

–Me temo que tendrá que salvarla en otra parte.

–¿Y no podría dejar que me quede hasta mañana?

Apenas había terminado de decir la pregunta cuando el hombre volvió a menear la cabeza.

–Lo siento. Si de mí dependiera, no habría el menor problema, pero me arriesgo a perder el trabajo si los propietarios se enteran de que sabía que tenía un animal y creen que yo no hice nada al respecto.

–Lo comprendo. No tardaré nada en recoger mis cosas y marcharme.

A Rafe no le sorprendió que Larkin se rindiera tan pronto. Era la persona con el corazón más blando que había visto nunca.

Rafe soltó aire y dijo algo que sabía que acabaría lamentando, principalmente porque iba a hacer que fuese casi imposible cumplir con lo que le había prometido a Primo.

–Sé de un lugar donde puedes quedarte.

Larkin lo miró con los ojos brillantes, llenos de esperanza.

–¿Y Kiko también?

–¿Así es como se llama tu perro?

–Es Tukiko, pero yo la llamo Kiko.

–Sí, puedes traerla. Además hay un patio enorme.

–¿De verdad? –parpadeó para controlar las lágrimas–. Muchísimas gracias.

Se volvió hacia Connell y lo sorprendió dándole un abrazo que él aceptó. Después de eso, Rafe la siguió hasta el tercer piso de aquel edificio viejo y decadente y, al final de un largo pasillo, Larkin abrió la puerta de un diminuto apartamento.

–Ya estoy en casa, Kiko –dijo al entrar–. Vengo acompañada, así que no te asustes.

Rafe miró a la oscuridad del apartamento, pero no vio nada.

–¿Tiene miedo a los desconocidos?

–Sí, y no le faltan motivos porque ha sufrido muchos malos tratos.

Más que oírla, Rafe sintió la llegada de la perra y se le erizaron los pelos de la nuca. Después vio el brillo de sus ojos con la luz que llegaba desde el pasillo y oyó su aullido en la penumbra.

–Siéntate, Kiko –le ordenó Larkin con voz firme.

La perra obedeció de inmediato, momento que Rafe aprovechó para buscar el interruptor de la luz y apretarlo. «La madre del…». Aquello no estaba bien. Nada bien.

–¿Qué clase de perro es? –preguntó, tratando de parecer tranquilo.

–Un husky siberiano.

–¿Y?

–Con malamut de Alaska.

–¿Y? –insistió Rafe, seguro de que o el padre o la madre de aquel animal aullaba en lugar de ladrar y vivía en manadas en la montaña.

Larkin lo miró fijamente y aseguró con firmeza que eso era todo.

–Maldita sea, Larkin, sabes muy bien que no es cierto –miró a la perra con el mismo recelo que ella lo miraba a él–. ¿De dónde la sacaste?

–Mi abuela la rescató de una trampa cuando era aún un cachorro. Tenía una pata rota. Mi abuela le dio todo el cariño del mundo, pero sigue teniendo mucho miedo a la gente. Antes de morir, me pidió que cuidara de ella y no pude negarme. Mi abuela fue la que me crió. No podía hacer otra cosa.

–¿Hace cuánto que murió tu abuela? –le preguntó, sintiendo compasión por ella.

–Nueve meses. Pero antes de eso pasó un año enferma. Desde entonces me ha sido bastante difícil mantener un trabajo al mismo tiempo que cumplía con su deseo –reconoció con cansancio–. He tenido que mudarme a menudo y aceptar cualquier empleo. Pero nos las arreglamos. Eso no quiere decir que no tenga ambiciones. Por ejemplo, me encantaría trabajar para alguna organización que ayude a los animales como Kiko. Pero debo hacer algo antes.

–Encontrar a tu hombre misterioso.

–Sí.

–Larkin….

–Ahora no tenemos tiempo, Rafe –lo interrumpió de inmediato–. El señor Connell me ha dado diez minutos y ya hemos perdido al menos la mitad. Tengo que hacer el equipaje.

–¿Dónde está tu maleta? –Rafe decidió dejarlo estar por el momento.

–En el armario.

En lugar de una maleta, encontró una estropeada mochila y poco más. Larkin tardó apenas dos minutos en recoger su ropa y algunas cosas del baño. Tampoco fue necesario mucho tiempo para que tirara a la basura lo poco que tenía en el frigorífico y recogiera las cosas de Kiko, después de darle de comer.

Ya preparada para marchar, Rafe la observó sin apenas creer que todas sus pertenencias cupieran en media mochila, ya que la otra mitad eran las cosas de la perra.

–¿Nos vamos? –le preguntó, después de que ella hubiera echado un último vistazo al apartamento.

Larkin asintió y, después de tirar la basura y darle las llaves al señor Connell, lo ayudó a meter a la perra en el asiento de atrás del coche y ella ocupó de nuevo el delantero.

–¿Dónde vamos? –quiso saber cuando él puso el motor en marcha.

–A mi casa.

Larkin se tomó un momento para asimilar la noticia.

–Pensé que conocías un lugar donde podíamos quedarnos Kiko y yo.

–Sí, mi casa.

–Pero…

–Si fueras tú sola, podría haberte encontrado otra cosa, pero con tu perra… por llamarla algo, es imposible. Así que sólo hay una opción.

–Tu casa.

–Exacto.

Apenas había tráfico, así que apenas veinte minutos después, Rafe estaba metiendo el coche en garaje de su casa, adonde entraron por la cocina.

Larkin se quedó en la puerta.

–¿Puede entrar Kiko?

–Claro. Ya te dije que aquí era bienvenida.

–Gracias.

Fue entonces cuando Rafe vio bien a la «perra» bajo las potentes luces halógenas de la cocina. Era un animal precioso, esbelto y con un bonito pelaje gris y blanco que terminaba en una cola gruesa y rizada. Miraba a su alrededor con evidente resquemor. Rafe tenía la sensación de que, de no haber sido por Larkin, hacía mucho que Kiko se habría rendido a su triste destino.

–¿Y ahora qué? –le preguntó Larkin, mirándolo con el mismo recelo que la perra.

–¿Qué necesita para estar cómoda?

–Tranquilidad y espacio. Si se siente encerrada, mordisquea todo lo que encuentra.

Rafe cerró los ojos, imaginando lo que podría hacer con alguna de las antigüedades que había en la casa.

–Tu apartamento estaba en perfecto estado y no era precisamente espacioso.

–Es que para ella era su guari… su refugio –corrigió rápidamente.

–Ya. Dime una cosa, Larkin. ¿Cómo demonios conseguiste meterla en tu apartamento?

–De madrugada y sin hacer ningún ruido.

–¿Y nadie la veía cuando la sacabas a pasear? ¿Nunca se quejaban por que ladrara o aullara?

–Intentaba salir siempre cuando estaba oscuro, pero supongo que sí que hacía ruido porque nos han echado –dedujo, encogiéndose de hombros–. Pero no importa. A Kiko no le gusta mucho la ciudad y yo no tenía intención de quedarme mucho, sólo hasta que terminara la búsqueda. Después íbamos a mudarnos a un lugar más tranquilo.

–Buena idea. Supongo que serás consciente de que, si alguien te descubre con ella, la matarán.

–Tengo los papeles.

Rafe la miró enarcando una ceja e hizo una pausa.

–Te acuerdas de lo mal que mientes, ¿verdad?

Por primera vez apareció en su rostro una sonrisa.

–Estoy intentando mejorar.

En la mente de Rafe surgió de pronto la imagen de su difunta esposa.

–No, por favor. Me gustas mucho más como eres –hizo una pausa y luego le ofreció algo de comer.

–No, gracias.

–¿Y Kiko querrá comer algo?

–No, estará bien hasta por la mañana.

–Entonces vamos. Puedes utilizar una habitación que hay en esta planta que tiene una puerta al patio.

–¿Está vallado?

–Sí. Mi primo Nicolò tiene un San Bernardo que es un experto en huir y aquí no consigue huir.

–Veamos sí también funciona con Kiko.

Rafe no quiso perder más tiempo con la conversación porque era evidente que Larkin estaba agotada, así que la llevó a la habitación que le había mencionado, que era al menos tres veces más grande que su apartamento. Al entrar la vio cojear un poco.

–¿Estás bien? –le preguntó.

–Sí –se frotó el muslo–. Me rompí la pierna de niña, pero sólo me molesta cuando estoy muy cansada.

–A mi hermano Draco le pasa algo parecido.

–Lo siento por él –dijo y luego dio una vuelta sobre sí misma, observando la habitación–. Esto es increíble.

–Nada es demasiado bueno para mi prometida.

Ella lo miró unos segundos, como tratando de interpretar la expresión de su rostro, pero luego se limitó a decir:

–Gracias, Rafe.

Él no pudo resistirse. Se acercó a ella y le levantó la cara suavemente, lo que provocó una especie de gruñido de desaprobación por parte de la perra.

–Necesita tiempo para confiar en ti –explicó Larkin.

–No sé por qué, pero me da la sensación de que tú también –dijo Rafe, acariciándole la mejilla.

–Puede que tengas razón.

Se inclinó sobre ella y le rozó suavemente los labios. De la boca de Larkin salió un leve gemido casi inaudible, pero que denotaba pasión, deseo y placer. Y quizá también cierto arrepentimiento. Rafe deseaba locamente estrecharla en sus brazos y perderse en su suavidad. Ella se acercó un poco más, pero en realidad lo que la hizo moverse fue el agotamiento, más que el deseo.

–Supongo que no es un buen momento –susurró mientras se apartaba, muy a su pesar.

–La historia de mi vida –respondió Larkin.

Rafe apoyó la frente en la de ella.

–Además le prometí a Primo que no te desabrocharía ni un botón más esta noche.

–Pensé que te había dicho de aquí en adelante, no sólo esta noche –opinó ella–. Y creo recordar que tú estuviste de acuerdo.

–En realidad lo que le prometí fue que no te tocaría hasta haberte puesto un anillo en el dedo –dijo, dando un paso atrás, y esbozó una pícara sonrisa–. En cuanto llegue el lunes voy a ponerte ese anillo y entonces puedes prepararte para que te desabroche todos los botones.

Capítulo Cuatro

Larkin se despertó al oír que alguien llamaba a la puerta. Retiró las sábanas, se levantó de la cama y miró a su alrededor sin comprender nada, hasta que se dio cuenta de que no estaba en su apartamento, sino en un lugar desconocido mucho más elegante y lujoso. Un lugar que nada tenía que ver con lo que ella conocía.

Entonces lo recordó todo. El despido. La proposición de Rafe. El sorprendente roce de su mano. El beso, aún más sorprendente. Y, por último, la llegada a su casa con Kiko. Volvieron a llamar.

–Un momento –dijo.

Abrió la puerta del dormitorio, pero allí no había nadie; estaban llamando a otra puerta, más lejos. Comenzó a caminar hacia allí hasta que descubrió que era en la puerta principal de la casa. E insistían bastante. Larkin se quedó allí unos segundos, pensando en si debía o no abrir. Decidió que era mejor no hacerlo, puesto que no era su casa. Por desgracia, la inesperada visita tenía llave y la utilizó.

La puerta se abrió y apareció una mujer.

–¿Rafe? –la mujer vio a Larkin y abrió los ojos de par en par–. Vaya, lo siento mucho. Nonna me dijo…

–¿Qué ocurre, Elia?

Larkin cerró los ojos al reconocer la voz de Nonna. Aquello no iba bien.

–Creo que hemos llegado en un mal momento –explicó Elia–. Rafe tiene visita.

Nonna respondió algo en italiano, tras lo cual se abrió la puerta de golpe y entró la matriarca de la familia.

–¿Larkin? Qué sorpresa encontrare aquí.

–Para mí también lo es –admitió Larkin.

–¿Qué demonios ocurre? ¿Es que uno no puede dormir tranquilo? –se oyó la voz de Rafe y luego apareció él en lo alto de la escalera que llevaba al segundo piso–. ¿Mamá, Nonna, qué hacéis aquí?

Allí estaba, con las manos apoyadas en la cadera, el pecho desnudo y unos pantalones deportivos anchos. Larkin lo miró, hipnotizada. Jamás había visto nada tan hermoso.

–Ay, Dios.

Las palabras salieron de su boca sin que ella pudiera impedirlo y, junto a ellas, su sentido común y todas las neuronas de su cerebro. Pero lo más humillante fue que la madre de Rafe la oyó y sonrió.

Pero… el cuerpo de Rafe era una obra de arte, así de simple. Tenía los hombros anchos, los brazos musculados, aunque eso ya lo había sospechado el día anterior cuando la había levantado del suelo y la había llevado al sofá de su oficina. Y su abdomen era una tableta de chocolate que no le habría importado nada pasarse la noche saboreando.

–Veníamos a hablar contigo para ver cuándo podíamos conocer a Larkin –explicó Elia–. Pero ¡sorpresa! Ya la hemos conocido.

Rafe se pasó las manos por el pelo y, por el modo en que movió los labios, Larkin imaginó que estaba maldiciendo entre dientes.

–Voy a vestirme y bajo enseguida –se fijó en Larkin–. Te recomiendo que hagas lo mismo.

–Ah, sí –miró con horror los pantalones cortos y la camiseta vieja que llevaba–. Discúlpenme.

Se encerró en el dormitorio, donde la esperaba Kiko, acurrucada en un rincón.

–¿Qué te parece si salimos al patio otra vez, a ver qué te parece a la luz del día? –le propuso.

Sacó a la perra y estuvo con ella hasta estar bien segura de que la valla resistiría cualquier intento de huida. Después se puso la primera ropa limpia que encontró, aunque no pudo evitar que estuviera arrugada al haber estado metida en la mochila.

Una vez fuera del dormitorio, Kiko y ella siguieron el aroma del café. Encontró a Rafe y a las dos mujeres hablando acaloradamente en voz baja y en italiano, por lo que sólo pudo imaginar el tema de la conversación. Se callaron en cuanto la vieron, pero la tensión era evidente.

Larkin sonrió y fingió no notar nada.

–Quería darte las gracias otra vez por ofrecerme que me quedara aquí. De no ser por ti, seguramente Kiko y yo habríamos tenido que pasar la noche en la calle después de que nos echaran del apartamento.

–¿De qué habla? –preguntó Nonna bruscamente.

–Es lo que trataba de explicarte –empezó a decir Rafe.

–Preferiría que me lo explicara Larkin –lo interrumpió su abuela de inmediato.

–En mi apartamento no está permitido tener animales, ayer descubrieron que tenía a Kiko y nos echaron. Por suerte Rafe insistió en que viniéramos aquí. Si no hubiese sido por él… –se encogió de hombros–.

No disponía de tiempo para encontrar un lugar en el que aceptaran perros, así que Rafe pensó que lo mejor era que pasáramos aquí la noche. Es una suerte que el patio tenga una valla tan alta. A prueba de Kiko.

Rafe hizo una mueca.

–Después de anoche, no sé si alegrarme o no.

–¿Anoche? –preguntó Elia con desconfianza.

–Había luna llena –respondió Rafe mirando a Kiko, como si eso lo explicara todo.

–¿Te importaría que le diera algo de comer? –intervino Larkin rápidamente–. Necesitaría un poco de carne cruda para mezclársela con el pienso, si es posible.

–Claro –Rafe fue hasta la nevera y buscó en el interior–. Antes de que llegaras, Nonna y mi madre me estaban diciendo que les gustaría pasar el día contigo para conocerte mejor.

Con la cabeza metida en el refrigerador, Larkin no podía interpretar su voz ni la expresión de su rostro.

–Pensaba buscar trabajo –dijo ella.

–Ya tendrás tiempo para eso el lunes –respondió Rafe, con un paquete de carne en la mano–. Además, es posible que pueda ofrecerte algún empleo en Dantes.

–Me parece que no…

–Perfecto –dijo entonces Elia con una amable sonrisa en los labios–. Este compromiso es tan repentino que me ha dejado de piedra.

–Ya somos dos –admitió Larkin con total sinceridad.

–Bueno, entonces tendremos tiempo de recuperarnos de la sorpresa –sugirió Elia.

Larkin miró a Rafe, que estaba cortando la carne.

–No lo creo, a menos que el señor Organizar y Conquistar tenga pensado cambiar de personalidad.

Las dos mujeres se miraron y luego sonrieron.

–Parece que conoces muy bien a Rafaelo, lo cual es impresionante teniendo en cuenta que no os habíais visto nunca hasta ayer –comentó Nonna.

–Puede que sea porque no se molesta en esconder ese rasgo de su personalidad –respondió Larkin.

–Por si no os habéis dado cuenta, estoy aquí delante, oyendo lo que decís –dijo Rafe.

Mezcló la carne con el pienso para perros bajo la atenta mirada de Kiko y luego lo puso en un cuenco en el suelo. Kiko lo olfateó detenidamente antes de dar cuenta de la comida.

–Tienes un perro muy peculiar –dijo Elia, frunciendo ligeramente el ceño–. Si no fuera una locura, diría que es un...

–Era de mi madre –la interrumpió Larkin.

Rafe intervino enseguida para salvar a Larkin.

–Supongo que tendré que cuidar de Kiko.

Larkin lo miró aliviada. Había veces que resultaba muy útil que se hiciera cargo de las cosas.

–¿Te importa?

–¿Crees que me devorará?

–No lo creo.

Rafe enarcó una ceja.

–No pareces muy segura.

Larkin se sonrojó.

–Es muy buena, ya lo verás.

Elia decidió no darle tiempo de buscar una excusa para no salir con ellas, puso en pie a todo el mundo y llevó a Nonna y a Larkin hacia la puerta. Una vez allí, se despidió de su hijo con un cariñoso beso que él devolvió con el mismo cariño y, unos segundos después, estaban las tres metidas en el coche de Elia rumbo a la ciudad. Larkin no pudo evitar mirar hacia atrás, a la casa de Rafe.

–No te preocupes, Larkin –le dijo Elia, que había visto el gesto–. Cuando quieras darte cuenta, estarás de vuelta sana y salva.

Claro. Lo que le preocupaba era lo que pudiera ocurrir hasta entonces. ¿Cómo demonios se había metido en aquel lío? Hasta hacía unas horas había sido libre como un pájaro, sin ningún tipo de compromisos y sin hombres. Con un solo objetivo en la vida: encontrar a su padre.

Y ahora… Ahora tenía un prometido con una familia enorme y se suponía que tenía que pasar el día haciéndose amiga de dos desconocidas. De la excuñada de Leigh, ni más ni menos. Todo eso sin mencionar el extraño dolor que tenía en la palma de la mano. Se lo frotó y, por algún motivo, al verla, Nonna y Elia sonrieron de nuevo.

Larkin lanzó un suspiro. Qué familia tan extraña. Casi tanto como la suya.

Rafe se quedó estupefacto.

–¿Qué demonios habéis hecho con mi prometida?

–Hemos hecho lo que hacen las mujeres para hacerse amigas –dijo Elia–. Irse de compras.

–Es una transformación –explicó Nonna con orgullo–. Tú eres un hombre, es lógico que no lo entiendas.

Larkin lo miró.

–¿No te gusta? –le preguntó con voz neutra–. Tu madre y tu abuela han dedicado mucho tiempo y dinero.

Rafe titubeó. De acuerdo. Se adentraba en territorio peligroso, un territorio que le resultaba familiar y que había creído conocer bien, hasta el punto de ser capaz de sortear las trampas. Pero aquello era algo nuevo, algo que, a pesar de sus distintas relaciones serias y de un matrimonio, no había previsto.

–Estás preciosa –y era cierto. Sólo que también estaba… distinta.

Larkin apretó los labios.

–¿Pero?

Detrás de ella, Nonna y su madre lo observaban atentamente.

–Pero nada –mintió. Tenía que recuperar el control de la situación y, para ello, lo primero que debía hacer era librarse de su madre y de su abuela–. Es tarde. Os agradezco mucho que hayáis pasado todo el día con Larkin y que la hayáis hecho sentir como una más de la familia.

–Por supuesto –dijo Nonna–. Porque muy pronto lo será.

–No tan pronto –replicó él–. Todo esto del Infierno es muy nuevo para nosotros. Necesitamos un poco de tiempo para conocernos antes de casarnos.

Nonna se volvió a mirarlo.

–¿Y dónde va a quedarse durante ese tiempo?

–Aquí, en la habitación de invitados.

La abuela meneó la cabeza.

–Eso no está bien y lo sabes.

Rafe le lanzó una mirada intimidatoria que no le sirvió de nada.

–¿Crees que voy a romper la promesa que le he hecho a Primo?

Nonna levantó un hombro, en un gesto muy italiano.

–Es muy difícil resistirse al Infierno. Pero, bueno, veremos qué opina Primo.

Cómo no. Después de despedirse de ellas, fue en busca de Larkin y la encontró en la cocina, preparando café. Sin darse cuenta, se quedó en la puerta, observándola, fascinado por su elegancia. Se movía como si siguiera una coreografía inspirada en una melodía que nadie más oía. ¿Qué se sentiría bailando con ella? Seguro que era una maravilla. La idea de estrecharla en sus brazos mientras se movían al unísono despertó en él un deseo completamente nuevo, un anhelo que no había sentido jamás por ninguna mujer.

En su mente apareció entonces otra imagen, otro tipo de baile en el que también participarían los dos, pero esa vez en la cama. ¿Cómo se movería Larkin haciendo el amor? ¿Sería lenta y armoniosa como en ese momento, o tendría un ritmo rápido y feroz que los dejaría a ambos sin aliento?

–¿Un café?

Rafe tardó unos segundos en volver a la realidad.

–Gracias.

Larkin sirvió dos tazas.

–¿De verdad te parece tan horrible?

No se dio cuenta de a qué se refería hasta que la vio mover el pelo con cierta timidez.

–No, no me parece horrible. Te queda muy bien.

Era cierto. Tenía el pelo largo y liso y, las dos veces que la había visto, lo había llevado recogido de un modo u otro. Ahora sin embargo lo llevaba más corto y con un peinado que había hecho aparecer unos suaves rizos que realzaban la elegancia de sus rasgos. No había muchas mujeres que pudieran llevar el cabello tan corto. A ella, sin embargo, el atrevido peinado le daba un aire aún más mágico.

–¿Y la ropa? –siguió preguntándole Larkin.

–Supongo que me gustarías más sin ella.

Se volvió a mirarlo, sorprendida, pero enseguida sonrió.

–Ha hablado un hombre.

–Sí.

Tenía que admitir que su madre había hecho muy buen trabajo impulsando aquella transformación. Elia tenía un talento especial para descubrir la verdadera naturaleza de la gente y animarlos a cambiar para ser ellos mismos, en lugar de seguir las modas sin pararse a pensar si les favorecían o no. Pero, al margen de la ayuda de su madre, la esencia era de Larkin.

–¿Cómo te ha convencido para que aceptaras la ropa y la sesión en la peluquería?

Larkin se ocultó tras la taza de café, pero Rafe vio el rubor de sus mejillas.

–No es fácil decirle que no a tu madre. Empezó diciéndome que era un regalo de compromiso, yo al principio dije que no porque ni siquiera estamos prometidos oficialmente –dejó la taza y lo miró con absoluta confusión–. La verdad es que no sé muy bien qué pasó después de eso. De repente me encontré con un regalo de precompromiso, o de bienvenida a la familia… no sé.

–Y con una transformación –añadió él.

–Exacto. ¿Siempre es así?

–Más o menos. Es una especie de torbellino que se lleva todo por delante. No hay manera de resistirse a ella.

Larkin meneó la cabeza.

–Yo no he podido hacerlo.

–Pero te sienta muy bien.

–Gracias –agarró de nuevo la taza y lo observó a través del humo del café–. Ahora sé de dónde has sacado algunas cosas. Eres igual que ella.

–No digas tonterías… yo soy mucho peor.

Larkin se echó a reír, soltando toda la tensión.

–Gracias por avisarme –en ese momento entró Kiko y fue a sentarse a los pies de Larkin–. ¿Qué tal te ha ido con ella?

–Digamos que nos vamos entendiendo –dijo Rafe con satisfacción.

–O sea, que le has dado más carne.

No se molestó en negarlo, sobre todo porque era verdad.

–La comida es un vínculo de unión muy importante para mi familia. Ya lo verás mañana.

–¿Mañana? –preguntó, alarmada aunque no del todo sorprendida–. ¿Qué pasa mañana?

–Todos los domingos cenamos en casa de Primo.

–¿Toda la familia?

–Los que pueden.

–¿Y quién podrá mañana?

–Depende de las semanas. Lo sabremos cuando lleguemos allí, pero supongo que mis padres, alguno de mis hermanos, mi hermana, Gianna, y un par de primos.

Larkin se levantó y se puso a lavar las dos copas,

pero Rafe se dio cuenta de que estaba molesta porque sus movimientos ya no eran armónicos, sino bruscos.

–¿Qué pasa? –le preguntó.

Se volvió a mirarlo.

–Escucha. Tú no me conoces y yo a ti tampoco. Nos hemos metido en esta locura sin pararnos a pensarlo bien. Todo está yendo muy deprisa y ni siquiera nos hemos parado a pensar en los detalles o a idear un buen plan. No creo que vaya a salir bien.

–Seguro que mi madre y Nonna te han acribillado a preguntas durante todo el día, ¿verdad?

–Algo así.

–Y les habrás contado algo de tu vida.

–Algunas cosas. No mucho.

A juzgar por la expresión de su rostro, había compartido con ellas lo mínimo que había podido.

–Está claro que nada de lo que les has dicho ha hecho que se alarmaran. Así que supongo que yo tampoco lo haré.

Larkin se mordisqueó el labio inferior, un gesto que a Rafe ya empezaba a resultarle familiar.

–Te propongo una cosa. ¿Por qué no dedicamos esta noche y mañana a conocernos un poco mejor y, si llegamos a la conclusión de que esto no va a salir bien, nos olvidamos de todo –vaya, parecía que sólo había conseguido molestarla más–. ¿Qué pasa ahora?

–Tu madre se ha gastado una fortuna en mí. No puedo marcharme así como así. Se lo debo.

–Yo se lo devolveré.

–Entonces te lo deberé a ti.

–Podrás devolvérmelo trabajando en Dantes, o puede servir como pago por tu tiempo.

–No me gusta aprovecharme de ese modo –replicó con firmeza.

–Nunca he dicho tal cosa.

Era evidente que se sentía frustrada.

–Hay cosas de mí que no sabes –empezó a caminar de un lado al otro de la cocina y Kiko la siguió–. Tu oferta de trabajo y tus besos me dejaron tan sorprendida que no he tenido tiempo de pararme a pensar. O a… explicarte ciertas cosas.

Rafe se centró en lo que más le había llamado la atención de lo que había dicho.

–¿Mis besos?

–Sabes a qué me refiero. Sé que no es más que química, atracción sexual, pero yo no… nunca… –se pasó las manos por el pelo y despeinada estaba aún más atractiva–. Digamos que no me dejo llevar por la química. Pero todo esto del Infierno me hizo perder la cabeza.

Rafe se puso serio porque era evidente que estaba verdaderamente disgustada.

–No pasa nada, Larkin.

–Claro que pasa –dijo casi gritando y eso alertó a Kiko, que lo miró con ferocidad, dispuesta a atacar en cualquier momento–. Lo siento.

Rafe no habría sabido decir si la disculpa iba dirigida a él o a la perra. Era hora de aplicar la lógica propia de los Dante.

–Dijiste que habías venido a San Francisco a buscar a alguien. ¿Es eso lo que te preocupa? ¿Crees que este trabajo va a distraerte de tu búsqueda?

–Sí. No –se agachó junto a Kiko y hundió la cabeza en el cuello del animal–. Esa búsqueda es sólo uno de los motivos por los que estoy aquí.

–Puedes continuar buscando mientras trabajas para mí. Incluso, quizá yo pueda ayudarte. Conozco a alguien al que se le da muy bien encontrar gente, el que comprobó tus datos anoche.

–Es… complicado.

–¿No confías en mí lo suficiente para decirme por qué o de quién se trata?

–No –respondió en voz baja.

–Está bien.

Se acercó a ella y se agachó a su lado. Kiko lo miró con tranquilidad esa vez. Rafe le agarró la mano y, con sólo rozarla, volvió a sentir aquella extraña conexión. Se negaba a aceptar que pudiera tratarse del Infierno, pero tampoco podía negar que había algo que los unía, algo muy intenso.

–Te sugiero que hagamos lo que les hemos dicho a Nonna y a mi madre que íbamos a hacer –le dijo suavemente–. Vamos a tomarnos las cosas con calma, vamos a ir conociéndonos. Tú puedes contarme lo que quieras de ti misma y yo haré lo mismo.

Larkin lo miró a los ojos.

–¿Un intercambio? ¿Historia por historia?

–Eso es.

Lo pensó unos segundos antes de asentir.

–De acuerdo. ¿Quién empieza?

–Lo echaremos a suerte. ¿Te parece bien?

Una nueva pausa.

–Sí.

–Propongo que preparemos algo de cena y abramos una botella de vino. Seguro que así nos resulta más fácil compartir nuestros secretos.

–Muy bien.

Se pusieron a trabajar en equipo. Rafe preparó la

carne que no le había dado a Kiko y Larkin hizo una ensalada. Prepararon la mesa en el patio.

–Seguro que Kiko también quiere cenar, al menos eso es lo que me ha dicho –bromeó Rafe mientras abría la botella de vino.

–¿Kiko habla?

–¿A ti no te habla? Yo apenas he podido hacerla callar en todo el día.

Larkin se echó a reír, sin rastro ya de la tensión de antes, y observó encantada como Rafe daba de comer a su perra, sin que el animal se alterara lo más mínimo.

–La mimas demasiado –lo acusó.

–Es sólo para que no me coma a mí. Esta noche es casi luna llena.

–No es un lobo –murmuró Larkin.

–Mientes muy mal.

–Tengo que trabajar en eso.

–No lo hagas –le pidió con voz seria–. Estuve casada con una experta en la materia, así que no sabes cuánto agradezco que tú no mientas.

Por algún motivo sus palabras surtieron el efecto opuesto al esperado. Larkin se puso en pie y lo miró con desesperación.

–Te equivocas. Soy una mentirosa. Todo esto es una mentira. Nuestra relación es mentira y yo te he mentido por omisión. Si supieras la verdad, me echarías de tu casa ahora mismo –cerró los ojos y meneó la cabeza–. Quizá deberías hacerlo. Puede que Kiko y yo debamos marcharnos antes de ir más lejos.

Capítulo Cinco

Larkin esperó ansiosamente la respuesta de Rafe. Para su sorpresa, él no dijo ni palabra. Se sirvió una copa de vino y, cuando ella abrió los ojos, se la dio.

–Mentir por omisión es lo que se hace cuando está saliendo con alguien… nadie es completamente sincero; si no, nadie se casaría jamás. Pero la cosa cambia cuando se comete la estupidez de dar el «sí, quiero».

–¿Entonces casarse significa decir la verdad? –¿eso era lo que había descubierto al casarse con Leigh?

–Digamos que es cuando nos quitamos la máscara y vemos cómo es la persona en realidad. Como nosotros no vamos a casarnos, no creo que suponga ningún problema. Relájate, Larkin, todos tenemos derecho a tener un poco de privacidad y algunos secretos.

Sus palabras fueron un gran alivio para ella, que volvió a sentarse a la mesa y bebió un poco del vino que le había servido. El sabor explotó en su boca.

–Está delicioso.

–Sí, ¿verdad? Primo compró un par de cajas la semana pasada y las repartió por la familia. Es de un viñedo que tiene en Toscana el hermano de Primo y su familia.

Larkin se dejó llevar hacia aguas más tranquilas, pero siempre consciente de su proximidad.

–¿Y ellos también tienen eso del Infierno?

–No lo sé. Nunca hemos hablado de ello, pero tengo la sensación de que la mayoría de los Dante se hacen muchas fantasías con el tema del Infierno.

Rafe se sentó en el banco junto a ella y estiró las piernas. Estaba muy cerca. Maravillosamente cerca. El cuerpo de Larkin reaccionó con una desconcertante combinación de placer y deseo.

–Sigues sin creer que exista a pesar de… –extendió la palma de la mano.

Él titubeó y luego se encogió de hombros.

–Vamos a pasar el próximo mes intentando averiguarlo.

Cauto y con evasivas. Parecía que no era la única que estaba siendo reservada.

–¿Lo dices sólo para que no deje el trabajo? –le preguntó mientras movía la ensalada.

–Básicamente sí.

Larkin no pudo contener una sonrisa.

–Qué taimado.

Empezaron a cenar en un agradable silencio, aunque Larkin sentía la tensión sexual flotando en el ambiente. Trató de concentrarse en la comida y más tarde en la conversación para mitigar la sensación, pero también él lo sentía; no había más que mirarlo a los ojos para darse cuenta. Aquella mirada dotaba sus palabras de un nuevo significado que hacía aumentar la tensión. No obstante, ambos fueron esquivando los peligros cuidadosamente.

Después de cenar, retiraron las cosas y después volvieron al patio con el vino. Larkin lanzó un suspiro que era una mezcla de satisfacción y temor.

–Bueno, ha llegado el momento de las historias

–anunció Rafe–. El que gane a cara o cruz hace una pregunta y el que pierda tiene que contestar.

–Vaya. Eso puede ser muy peligroso.

–E interesante –lanzó la moneda al aire.

–Cara –dijo ella.

Pero fue cruz y Rafe no se hizo esperar.

–Primera pregunta. Cuéntame la verdad sobre Kiko… toda la verdad. Creo que merezco saberlo si va a quedarse por aquí un tiempo.

Era razonable, sin embargo Larkin habría preferido no tener que contárselo.

–Me parece justo. No sé qué es exactamente. Desde luego no es un lobo puro, a pesar de su aspecto, pero supongo que debe de ser un cruce entre perro y lobo –al ver el gesto de Rafe, se apresuró a añadir–: Me parece que es más perro que lobo porque se comporta como un perro, tiene personalidad de perro.

–Explícate.

Larkin eligió las palabras con cuidado.

–Hay gente que cría perros con lobos y crean híbridos. Es un asunto muy controvertido; mi abuela estaba completamente en contra de ello porque creía que era peligroso y además injusto tanto para los perros como para los lobos, porque la gente espera que dichos cruces se comporten como perros, pero es imposible. Son animales atrapados entre dos mundos, no son ni animales domésticos ni criaturas salvajes. Y cuando actúan respondiendo a su naturaleza salvaje, la gente se les echa encima.

–Ya entiendo –dijo él, aunque era evidente que no le hacía ninguna gracia–. ¿Y en el caso de Kiko, qué probabilidades hay de que se deje llevar por su lado de lobo?

–Nunca ha hecho daño a nadie. Nunca –insistió Larkin–. Pero si me preguntas si podría hacerlo, supongo que sí. Igual que un perro, pero es más probable que sala corriendo en vez de plantar cara, especialmente ahora que está vieja.

–¿Cómo acabaste tú con ella?

Larkin miró al animal y sonrió con profundo cariño. Kiko estaba tumbada, observándolos. Siempre estaba alerta, incluso en la vejez.

–Creemos que la persona que la adoptó la abandonó porque no podía cuidar de ella. La dejaron en el bosque cuando tenía más o menos un año. Mi abuela la encontró atrapada en una trampa y casi muerta de hambre.

Rafe miró también a la perra.

–Pobrecita. Me sorprende que dejara que tu abuela se acercara siquiera.

–La abuela siempre tuvo muy buena mano con los animales y Kiko apenas tenía fuerzas en esos momentos. La trampa le había roto una pata. Mi abuela la llevó a un veterinario amigo suyo que, además de conseguir salvarle la pata, le dio algunos consejos para cuidarla. La alternativa era sacrificarla, pero ni mi abuela ni yo queríamos eso, así que nos la quedamos.

–¿Y mi familia, está a salvo con ella?

Larkin se inclinó hacia él y lo miró fijamente a los ojos.

–Te prometo que no le hará ningún daño a nadie. Está muy vieja. Pocos animales de este tipo llegan a los dieciséis años y Kiko ya tiene unos doce o trece. Aparte de algún aullido de vez en cuando, es muy tranquila. Sólo tienes que tener cuidado de no arrinconarla jamás para que no se sienta atrapada porque entonces sí podría ponerse violenta, aunque sólo con la intención de escapar –al ver que él asentía, decidió hacer una pregunta también–: ¿Y tú, no tienes perros, ni gatos, ni ningún animal exótico?

Rafe negó con la cabeza.

–En mi casa solía haber perros, pero yo prefiero no tener animales.

–¿Por qué? –preguntó ella, que no podía ni imaginarse vivir sin la compañía de algún animal.

–Prefiero no tener que comprometerme a cuidar de un animal durante los próximos quince o veinte años.

Y seguramente pensaba lo mismo de las mujeres. Si cuidar de un perro le parecía una carga, ¿qué le habría parecido estar casado con Leigh?

–Me da la sensación de que Kiko no es la única a la que no le gusta sentirse atrapada –murmuró Larkin–. ¿Es eso lo que te parece el matrimonio? –¿o sería sólo el matrimonio con Leigh?

–No es sólo que me lo pareciera, es que realmente fue una trampa –levantó su copa a modo de brindis–. Pero lo bueno es que aprendí que no estoy hecho para el matrimonio. Soy demasiado independiente.

A Larkin le resultaba extraño, teniendo en cuenta lo unido que estaba a su familia. En tan poco tiempo había podido comprobar que en la familia Dante, todo el mundo se metía en los asuntos de los demás. No de un modo negativo, simplemente tenían unos vínculos muy estrechos.

–¿Por qué eres tan independiente? –le preguntó–. ¿Es para mantener cierta distancia con tu familia, o hay algo más?

Rafe inclinó la cabeza y se paró a reconsiderar la idea.

–No creo que necesite mantener distancia alguna con mi familia. Al menos hasta que empezaron con esto del Infierno –añadió frunciendo el ceño–. Debo reconocer que tienen cierta propensión a entrometerse.

–Si no fue por tu familia, ¿qué fue lo que hizo que te volvieras tan independiente?

Dejó la copa en la mesa y meneó la cabeza.

–Ya has hecho más preguntas de las que te corresponden. Si quieres jugar otra ronda, tendrás que responder antes una pregunta mía.

–Está bien –dijo con resignación–. Pero que sea fácil. Estoy muy cansada para acordarme de todo lo que no te he contado.

Rafe se echó a reír.

–Como ni siquiera estamos prometidos, no quiero que se te escape por accidente ningún oscuro secreto.

–No tienes ni idea –murmuró–. Bueno, adelante, pregunta.

–A ver, una fácil… Dijiste que te habías roto una pierna, supongo que Kiko y tú tenéis algo en común.

–Más de lo que imaginas.

–Cuéntame. ¿Qué te pasó?

No le gustaba recordarlo, aunque al final todo había salido bien.

–Tenía ocho años y estaba haciendo una obra de teatro en la escuela. Me caí del escenario.

–Lo siento –dijo sinceramente–. Nadie lo diría, a no ser que te vean tan cansada como estabas anoche. Aparte de eso, te mueves con mucha elegancia.

–Gracias a las clases de baile, que me ayudaron a recuperarme más rápido. Pero no pude volver a bailar –le confesó con nostalgia–. Al menos como lo hacía antes.

–¿Vivías con tu abuela en esa época?

–Sí –dejó la copa en la mesa antes de que pudiera hacerle más preguntas o mostrarle su compasión–. Es tarde. Me voy a dormir.

–No te vayas.

Su voz le provocó un escalofrío. Había un peligro tentador en sus palabras que amenazaba con cambiarla de un modo que aún ni siquiera podía sospechar. Un cambio del que quizá nunca pudiera recuperarse. Se quedó titubeando, tentada a pesar del fantasma de la mujer que se interponía entre los dos. Pero entonces él tomó la decisión por los dos: la levantó de la silla y la estrechó en sus brazos.

–Rafe…

–No voy a romper la promesa que le hice a Primo. Pero necesitaba abrazarte. Y besarte.

Sólo unos pasos los llevaron hasta la puerta que conducía a la habitación de invitados donde dormía ella. Kiko los siguió, pero se quedó sentada afuera, como si quisiera respetar aquel momento de intimidad. Rafe encontró rápidamente la cama a pesar de la oscuridad y la dejó sobre la colcha de seda. Ella sintió el peso de su cuerpo.

No veía nada, pero el resto de los sentidos los tenía increíblemente sensibles. Oía su respiración, cada vez más acelerada. Sentía los latidos de su corazón y el tacto de sus manos. En todo momento, la energía que manaba de la palma de la mano parecía extenderse por todo su cuerpo, su alma y su corazón.

–¿Estás seguro de que no estás rompiendo la promesa? –le preguntó susurrando.

Había colado la mano por debajo de su ropa y no tardó en encontrar el cierre del sujetador. Un solo movimiento y la prenda quedó abierta.

–Creo que falta poco para hacerlo –dijo él, riéndose.

Larkin sacó los brazos de las mangas de la blusa.

–Muy poco.

Mientras hablaba, la boca de Rafe encontró el punto donde el cuello se unía a los hombros y Larkin sintió un escalofrío. Nunca se había dado cuenta de que tuviera tanta sensibilidad en esa parte del cuerpo. ¿Cómo era posible que un solo beso pudiera provocarle tal reacción?

Sintió sus manos en los pechos, acariciándole los pezones hasta que creyó que iba a volverse loca. Aún no la había besado y ya estaba desesperada de deseo, unas ansias que ni siquiera podría expresar con palabras.

–Rafe, por favor –fue todo lo que pudo decir.

No podía admitir lo que quería. Era demasiado confuso y complicado. Quería más. Mucho más y al mismo tiempo quería que parara antes de perder el control por completo. O quizá ya fuera demasiado tarde. Aquello no estaba bien y, aunque no lo reconociera ante él, lo sabía y eso la mataba. Se movió inquietamente, pero él la tranquilizó con una suave caricia.

Entonces le tomó el rostro entre las manos y le dio un beso en la boca que hizo que se olvidara de todo. Era sencillamente perfecto. Un beso completamente distinto a los anteriores. Un beso dulce que calmó todos sus sentidos. La desesperación se suavizó, se hizo más lánguida y Larkin consiguió relajarse en sus brazos.

–Sabes que quiero seguir –le dijo, hablando contra sus labios.

–Y tú sabes que no podemos. No podría mirar a tu abuelo a la cara si… –dejó de hablar con un escalofrío.

–Entonces no lo haremos –dijo con una sonrisa que se percibía en su voz y en sus besos–. Pero eso no impide que estemos juntos.

–Es una tortura. Lo sabes, ¿verdad?

–Desde luego. Pero podré soportarlo –se rió suavemente–. Creo.

–Estamos jugando con fuego.

–¿De verdad quieres que pare?

¿Qué había sido de su fuerza de voluntad? Nunca había tenido ningún problema en mantener a los hombres a distancia. Hasta ese momento. Pero con Rafe… no entendía por qué, pero Rafe Dante ejercía un efecto sobre ella que jamás había sentido. Todo en él la atraía poderosamente. Su aspecto, su inteligencia, su sentido del humor, su fuerza, su compasión, incluso la relación con su familia. Por no hablar del modo en que su cuerpo reaccionaba a él. Había llegado con una idea muy clara de lo que quería de Rafe, pero había obtenido algo que nunca habría esperado.

Bajó los brazos y descubrió con sorpresa que, en algún momento, él se había quitado la camisa.

–¿Y si esto no es real? ¿Y si el Infierno hace que nos sintamos así?

–¿Eso crees? –preguntó, sorprendido–. ¿Crees que es la leyenda lo que te hace reaccionar así?

Larkin intentó controlar sus manos, pero parecían tener voluntad propia y querer acariciarle el pecho.

–Yo… yo nunca había sentido esto. Sólo trato de entenderlo.

–Intentas racionalizar lo que está pasando. Confía en mí, yo lo comprendo perfectamente y sé que no quiero tener ningún otro compromiso sentimental después de Leigh.

Larkin se quedó inmóvil al recordar aquello.

–¿Sentimental?

–Dios, Larkin. ¿Crees que quiero algo más que esto, que lo físico?

–Puedo imaginar la respuesta –dijo ella con sequedad.

Rafe se tumbó boca arriba y la rodeó con el brazo. Ella apoyó la cabeza en su pecho y la mano en su abdomen.

–Desde que te conocí no he dejado de repetirme que no es más que atracción física –siguió diciendo él–. Porque eso es lo que quiero que sea, es lo único que puedo afrontar en estos momentos.

–¿Pero?

–Pero entonces me has contado lo de tu pierna y que no habías podido volver a bailar como antes.

–¿Y?

–Me ha dolido oírtelo contar –confesó–. Y ver cuánto te había afectado.

–¿Por eso hemos acabado aquí?

–Creo que sí –le acarició el pelo y respiró hondo–. Duérmete, Larkin.

–¿Pero?

–Esta noche no. No sé si podría parar... ¿a quién quiero engañar? Sé que no podría parar si empezáramos.

Ella tampoco.

–¿Vas a quedarte aquí conmigo?

–Un rato.

Larkin se quedó en silencio unos segundos, preguntándose si debía hacerle la siguiente pregunta. Pero la hizo de todos modos.

–¿Qué va a pasar ahora?

–No lo sé –respondió sinceramente–. Supongo que será mejor ir viéndolo día a día.

–Crees que todo esto que sentimos desaparecerá con el tiempo, ¿verdad?

–No te lo tomes a mal, pero es lo que espero.

–¿Y si no es así?

–Ya lo pensaremos entonces.

Larkin hizo una nueva pausa antes de hablar de nuevo.

–Sea lo que sea, el Infierno o una simple atracción física, no irá muy lejos porque tú no eres el único que no quiere tener una relación seria.

–Entonces no hay nada de que preocuparse, ¿no te parece?

Le habría gustado que fuera así, pero en cuanto Rafe se enterara de quién era ella, todo cambiaría.

Un aullido despertó a Rafe de madrugada. Miró a la mujer que dormía a su lado y sonrió. Normalmente necesitaba varias noches antes de dormir bien junto a una mujer, pero con Larkin se había acomodado con increíble facilidad. No recordaba la última vez que había dormido tan plácidamente. De no haber sido por Kiko, seguramente no se habría despertado hasta que fuera completamente de día.

Movió a Larkin con suavidad y, al volver a acomodarse, la oyó hacer un ruidito que le resultó delicioso. ¿Sería eso lo que haría cuando hicieran el amor? Se moría de ganas de descubrirlo.

Le dio la espalda deliberadamente y salió al patio. Kiko estaba sentada en el césped, con la cara levantada hacia la luna, en una pose tan bella y salvaje que despertó el lado más primitivo de Rafe. Deseaba dejarse llevar por el instinto y olvidarse por un momento de la lógica intelectual que determinaba prácticamente todos sus movimientos. Deseaba formar parte de un mundo más natural donde podría seguir su lado animal. La certeza de que no podía hacerlo, y ella tampoco, lo llenó de tristeza.

Kiko era un animal salvaje atrapado desde que lo habían domesticado, una trampa que él trataría de evitar a toda costa. Antes de que pudiera aullar de nuevo con la misma tristeza, Rafe silbó suavemente y, aun a su pesar, la perra acudió casi de inmediato.

—Me da mucha lástima —dijo Larkin detrás de él, dando voz a sus pensamientos.

Rafe se volvió y se quedó inmóvil. La luz de la luna bañaba su desnudez. Era un estudio en marfil y carbón. El cabello, los hombros y los pechos brillaban como perlas, pero la sombra caía sobre su vientre y el oscuro y fértil rincón que se escondía entre sus piernas. Rafe se olvidó de toda lógica intelectual.

–La naturaleza la llama, pero ella no puede responder como desearía porque está atrapada a medio camino entre el lobo y el perro –Larkin lo miró a los ojos–. ¿Es eso lo que sientes tú? ¿Estás atrapado entre dos mundos?

Rafe seguía sin poder pensar con claridad. Comprendía la pregunta, pero seguía pensando en ella. En las exigencias de su cuerpo.

–Larkin…

Ella cometió el error de acercarse y la luna acabó con las pocas sombras que la protegían.

–Tu familia es muy sentimental. Sin embargo tú no.

No podía apartar los ojos de ella.

–No estés tan segura.

En su rostro apareció una sonrisa.

–¿Entonces tú también eres así?

Rafe tuvo que hacer varios intentos hasta conseguir hablar.

–Si te toco de nuevo, lo descubrirás personalmente. Y yo romperé la promesa que le hice a Primo.

Hubo un momento de silencio. Después, con un pequeño suspiro, ella dio un paso atrás y dejó que las sombras la engulleran para volver al mundo de fantasía del que se había escapado. Rafe sentía que todo su cuerpo le pedía que fuera tras ella. Sabía que todo se debía a la luna y al aullido de Kiko, que habían desatado sus instintos más primitivos.

Como si fuera consciente de todo, la perra pasó a su lado y se sentó en la puerta, bloqueándole el paso.

–Tú ganas esta vez –le dijo Rafe–. Pero no creas que va a ser siempre así.

Dicho eso, se dio media vuelta y huyó de aquel deseo que sobrepasaba la razón mientras se frotaba el incesante picor que sentía en la palma de la mano.

Había perdido la cabeza. Larkin agarró la sábana y se envolvió en ella para esconderse. No había otra explicación. ¿Cómo si no iba a haberse atrevido a quitarse la ropa que le quedaba y salir así, desnuda como había llegado al mundo? Nunca había sido tan atrevida. Esa había sido la especialidad de Leigh, no la suya.

Leigh.

Se sentó al borde de la cama y hundió el rostro entre las manos. Qué tonta había sido de creer que podría meterse en los asuntos de los Dante y salir ilesa. Quizá si hubiera sido sincera con Rafe desde el principio, podría haber salido bien. Ésa había sido su intención cuando había pedido que la enviaran a la fiesta de la empresa Dante.

Arrugó el entrecejo. ¿Cómo se había complicado todo de ese modo? Cuando él la había tocado, así había sido. Le había propuesto aquella locura y, antes de que ella pudiera hacer funcionar sus neuronas, la había besado y Larkin había perdido la razón y el sentido común por culpa del Infierno.

El Infierno.

Se miró la palma de la mano. Quería creer que no era más que el poder de la sugestión, pero no podía pasar por algo el latido y el picor que sentía en la mano. Era imposible que fuera fruto de su imaginación.

Alguien llamó a la puerta suavemente. Sólo podía ser una persona. Pensó en fingir que seguía dormida y que no lo había oído, pero no podía, así que se acercó y abrió, aún envuelta en la sábana. Él se había puesto un pantalón deportivo y parecía aliviado de que ella también se hubiese tapado.

–Es tarde –dijo ella, pero Rafe la interrumpió enseguida.

–Lo siento, Larkin. Lo de esta noche ha sido culpa mía –se apoyó en el marco de la puerta y sonrió–. Pensé que podría controlarlo.

–¿Y no has podido?

–En absoluto –su sonrisa no hizo sino aumentar–. No puedo dejar que vuelva a ocurrir –hizo una breve pausa–. Al menos hasta que te haya puesto un anillo.

Larkin tenía verdaderos problemas para respirar.

–¿Y entonces?

–Entonces terminaremos lo que hemos empezado hoy –extendió la mano y le acarició la mejilla–. De un modo u otro, acabaremos comprendiendo lo que ocurre y estoy seguro de que nos ayudará saciar el deseo que sentimos.

–¿Y si no quiero hacer el amor contigo?

Rafe se echó a reír.

–No sé por qué, pero no creo que exista tal posibilidad.

Se acercó y le dio un rápido beso que hizo que ella deseara más. Después se apartó y la dejó allí, apretándose la sábana alrededor del pecho.

Si hacía el amor con él, sería un verdadero desastre. Eso los uniría aún más y, por más que él lo negara, crearía un vínculo que sólo podría ocasionarles dolor.

Porque en cuanto le contara que Leigh era su hermana, o medio hermana, y descubriera el verdadero motivo por el que se había acercado a él, no querría tener nada que ver con ella nunca más.

Capítulo Seis

–¿Nerviosa? –le preguntó Rafe mientras recorrían la sinuosa carretera que conducía a la casa de Primo y Nonna.

No tenía ningún sentido fingir que no estaba nerviosa, así que Larkin asintió.

–Un poco. Tus abuelos me intimidan un poco y encima voy a tener que enfrentarme al resto de los Dante…

Pero lo que más le preocupaba era que alguien estableciera algún tipo de relación entre ella y Leigh. Con tantos Dante, la cosa no acabaría nada bien.

–Intenta no preocuparte –le dijo él, con una sonrisa en los labios–. Al que pretenden intimidar es a mí, no a ti. Ya he escuchado varios sermones de miembros de la familia a los que les preocupan mis intenciones contigo. Aparte de eso, tengo una familia estupenda.

–Y grande.

La miró con curiosidad

–¿Lo que te preocupa es el tamaño?

–Todo lo relacionado con tu familia me preocupa.

Rafe se echó a reír.

–Recuerda que no tienes que responder a nada que no quieras.

–Dudo que sea tan fácil.

Habían llegado, así que Larkin se bajó del coche y se estiró el vestido, una prenda que rara vez utilizaba, pero que Nonna y Elia habían insistido en comprarle. En realidad, más que un vestido era una camisa larga que hacía que se sintiera como si hubiera olvidado ponerse la mitad del atuendo. Pero no podía negar que le favorecía.

–Estás preciosa –le dijo Rafe, adivinando su inseguridad–. Les vas a encantar a todos tanto como a mi madre y a Nonna.

–Soy una tonta, ¿verdad? Aunque no les guste, no importa porque esto no es real…

Rafe la calló con un beso que a punto estuvo de hacerla caer de bruces al suelo. Después le echó los brazos alrededor del cuello y se dejó llevar por el delicioso calor que manaba de ellos cada vez que se tocaban.

–Muy interesante –murmuró él cuando por fin se separó de ella y la miró, sonriendo ante su reacción–. Ya sé qué es lo que tengo que hacer cuando quiera cambiar de tema.

–¿Qué? ¿Por qué?

–Ibas a decir una indiscreción –le explicó en voz baja–. Te he besado para callarte. Nunca se sabe quién puede estar oyéndonos.

Larkin comprendió por fin, al tiempo que recuperó la capacidad de hablar.

Era muy injusto. Rafe parecía no sentir aquel calor, aunque Larkin habría jurado que sí que sentía algo, se esforzaba demasiado en conservar su fría actitud. El caso era que ella cada vez se encontraba en una situación más vulnerable. Tenía que encontrar la manera de controlar sus emociones.

–Tendré más cuidado de ahora en adelante –dijo, por el bien de ambos.

Respiró hondo y echó a andar hacia la puerta de la casa. Por suerte, era capaz de andar bastante recto sin caerse. Además del jardín lleno de flores de todos los colores y fragancias, enseguida los recibió el sonido de las voces de las personas que se distribuían por dicho jardín.

La siguiente hora resultó tremendamente confusa, pues Rafe le presentó a un sinfín de Dantes. Muchos de ellos trabajaban en el negocio de la joyería y otros, como Rafe y su hermano Luc, se encargaban del servicio de mensajería. Conoció a Alessandro, el padre de Rafe, muchísimo más relajado e informal que su hijo. La felicidad que transmitían todas las parejas casadas hizo que Larkin sintiera el deseo de encontrar la misma dicha que ellos habían encontrado. Pero era imposible, al menos con Rafe.

—¿Todas estas personas han sentido el Infierno? —le preguntó a Rafe en un momento dado.

Rafe se echó a reír.

—O eso dicen. ¿Qué? —dijo al verla fruncir el ceño.

—Tú eres el más lógico, ¿no?

—De eso no hay ninguna duda.

—Pero todas las parejas que hay aquí, incluyendo a tus padres y a tus abuelos, aseguran haber sentido el Infierno.

Rafe se encogió de hombros.

—Yo he llegado a la conclusión de que la familia Dante sufre una mutación genética que provoca engaños en masa. Por suerte yo me he librado de dicha anomalía —miró a sus hermanos menores—. Ya veremos si Draco y Gia también han escapado.

Al oír eso, Larkin no tuvo más remedio que sonreír.

–Al margen de mutaciones y anomalías, Primo dijo que Nonna y él llevan casados más de cincuenta años y supongo que tus padres deben de llevar unos treinta.

–¿Adónde quieres llegar? –le preguntó con cierta brusquedad.

–A pesar de la anomalía genética, ¿no te parece que, basándonos en todos esos matrimonios, la lógica sugiere que eso del Infierno es cierto? En mi opinión, el hecho de que tú no lo sintieras con Leigh y vuestro matrimonio fuera un fracaso es otra prueba más.

Rafe no tuvo oportunidad de responder porque Draco decidió unirse a ellos.

–No vas a conseguir convencerlo –le advirtió al tiempo que se sentaba–. Rafaelo no quiere creerlo. Además, es un cínico que jamás permitiría que algo tan caótico le robara cierto control sobre sí mismo.

–Si quieres decir que me niego a dejarme atrapar otra vez por el matrimonio, tienes razón –dijo Rafe con frialdad.

Draco se inclinó hacia ella para añadir:

–¿Te he dicho que no quiere creerlo?

Larkin sonrió a pesar del dolor que le provocaban las palabras de Rafe.

–¿Acaso tú eres diferente? –le preguntó él a su hermano menor–. ¿Estás dispuesto a renunciar a tu vida actual por los caprichos del Infierno?

Algo oscureció de pronto la expresión del rostro de Draco, algo que se esforzó en ocultar tras su desenfadada fachada. «El dragón tiene corazón», pensó Larkin.

–Dime una cosa –respondió Draco después de

unos segundos–. Si cayera en tus brazos el amor de tu vida, ¿la apartarías de tu lado?

Rafe miró fugazmente a Larkin.

–¿Crees que es eso lo que nos ha pasado?

–¿A vosotros? –Draco parecía realmente sorprendido. Los miró a uno y a otro antes de responder–. Está bien. Digamos que es eso lo que os ha pasado. ¿Vas a huir de ello?

–Pero no nos ha pasado –aseguró Rafe tajantemente–. Porque eso del Infierno no existe, con lo cual no hay nada de lo que huir.

Draco miró a Larkin con amabilidad antes de responder a su hermano.

–En ese caso, o mereces un Oscar por la actuación de esta noche, o estás mintiendo como un cretino. Me pregunto cuál de esas opciones será.

Rafe observó a su hermano detenidamente.

–Deberías saberlo, puesto que fuiste tú el que ideaste esta farsa.

–Puede que se me ocurriera la escena inicial –replicó Draco–, pero hoy terminó mi participación en esta comedia de los errores. Sin embargo parece que tu papel ha dado un giro insospechado.

Draco hizo un rápido movimiento y le agarró la mano a Rafe. Larkin bajó la mirada y se quedó boquiabierta. Parecía que lo había sorprendido infraganti frotándose la palma de la mano, tal y como llevaba haciendo ella desde que se habían tocado por primera vez.

–Es parte de la interpretación –afirmó Rafe.

Pero Larkin se dio cuenta de que estaba mintiendo. Lo vio en sus ojos, lo oyó en su voz y lo sintió en el calor que manaba de su mano.

–Sigue diciéndotelo, hermano, pero por si tienes alguna duda, yo elijo la opción B, que significa que estás mintiendo como un cretino –una vez dicho eso, Draco cambió de tema intencionadamente–. Vaya, futura cuñada, veo que no soy el único que tuvo una infancia accidentada.

Hizo un gesto hacia las pequeñas cicatrices que aún tenía Larkin en la pierna. Lo hizo de un modo tan natural, pero ella no se sintió avergonzada ni incómoda.

–Yo me caí de un árbol. ¿Y tú?

–De un escenario –respondió Larkin.

–Ay –meneó la cabeza–. Pero mi experiencia no fue nada comparada con la de Rafe.

–¿Tú también te rompiste una pierna? No me lo habías contado –le dijo Larkin.

–No, no me rompí nada.

–Él sólo rompe corazones –bromeó Draco–. Yo me refería a lo que le pasó cuando yo me rompí la pierna. ¿No te lo ha contado?

Larkin meneó la cabeza.

–Bueno, la semana que viene vamos a ir al lago, así que podrá contarte todos los detalles y señalarte el lugar donde ocurrió. No podrás ver el árbol porque Rafe se volvió loco un año y lo taló.

–Estaba enfermo –aseguró Rafe con tranquilidad.

–Me he dado cuenta de una cosa –comentó Draco, maravillado–. Si la realidad no se ajusta a tus deseos, tú lo que haces es cambiarla, pero debo decirte que eso no basta para que sea real. Eres tú el que se engaña.

Larkin escuchaba con atención y asombro. No sabía qué era lo que le había ocurrido a Rafe años atrás, pero era evidente que aún provocaba bastantes turbulencias en él, aunque conseguía controlar sus emociones.

–Creo que nos llaman para cenar –anunció Larkin con la esperanza de distender un poco la situación–. Estoy deseando probar lo que ha cocinado Primo –dijo, tendiéndole una mano a Rafe.

Para su asombro, él se levantó, la estrechó en sus brazos y la besó muy despacio. Ella respondió sin dudarlo.

–Gracias –susurró Rafe contra sus labios.

–Es un placer –especialmente si la recompensa era un beso como aquél.

A nadie le pasó por alto el beso, ni a ella se le escaparon los comentarios y sonrisas que provocó su comportamiento. De no haber visto la cara de alegría con que los miraban, Larkin se habría avergonzado, pero era evidente que estaban contentos de que Rafe hubiera superado por fin el golpe que había supuesto su matrimonio con Leigh. Larkin cerró los ojos un instante.

Si ellos supiesen.

–No me habías dicho que la semana pasada vamos a ir al lago con tu familia –le dijo Larkin.

–Lo siento –se disculpó él abriéndole la puerta de su casa–. ¿Tienes algún inconveniente?

Apenas había pronunciado algunos monosílabos desde que habían salido de casa de Primo y Rafe no sabía si alegrarse de que por fin volviera a hablar. Estaba claro que algo la tenía preocupada. Si se trataba de la excursión al lago, intentaría arreglarlo y consideraría que la velada había ido razonablemente bien. Si no…

–No. Pero me habría gustado que me avisaras.

Seguía sin mirarlo, lo que quería decir que su silencio no se debía al viaje al lago. Debía tratar de averiguar de qué se trataba, pero no yendo directamente al grano, por supuesto.

–No quiero que la noche termine todavía. ¿Por qué no salimos al patio un rato?

Larkin titubeó. Otra mala señal.

–De acuerdo –dijo finalmente.

Rafe sacó una botella del refrigerador y dos copas antes de seguirla al patio.

–No sé por qué, pero esto me resulta familiar –comentó ella, dedicándole una sonrisa llena de encanto femenino.

–Pues no es exactamente lo que yo tenía planeado.

Larkin miró bien la botella y luego a él, muy seria.

–¿Champán? ¿Estamos celebrando algo?

–Depende de lo que digas ahora –se sacó una cajita de terciopelo del bolsillo y la abrió para que viera el anillo que había dentro–. No podía esperar hasta el lunes –explicó al ver su sorpresa–. Me ha sido difícil incluso esperar hasta ahora.

–Pero, Rafe. ¿Qué has hecho?

La miró detenidamente, frunciendo el ceño.

–Sabías que iba a hacerlo, lo único que he hecho ha sido adelantarme un poco a lo previsto. Después de lo de anoche.

Eso la hizo sonrojar, algo que Rafe encontró fascinante. Seguramente no tenía por costumbre pasearse desnuda a la luz de la luna. Una lástima porque era una maravilla.

La vio dar un paso atrás. Mala señal.

–Pero…

–Pero ¿qué?

Resistió la tentación de seguirla y se limitó a dejar el anillo sobre la mesa, junto al champán. Se dio cuenta de pronto de que se había centrado por completo en lo que él necesitaba y no había tenido en cuenta las necesidades de Larkin. El anillo y todo lo demás podía esperar. Quería que Larkin disfrutara de su primera vez juntos, no que estuviera distraída por las preocupaciones.

–Apenas has hablado en el camino de vuelta, así que deduzco que estás preocupada por algo. ¿Por qué no me dices de qué se trata?

Se acercó a ella y le tomó la mano entre las suyas. Era una maravillosa sensación tenerla así. ¿Por qué su familia se empeñaba en rodear de misticismo y de magia algo tan sencillo como la reacción química de la atracción sexual?

–¿Qué pasa, Larkin?

Ella fijó la mirada en la mesa.

–La única razón por la que me has comprado el anillo y el champán es para poder hacer el amor conmigo.

Rafe cerró los ojos. Acababa de desnudar la fría verdad de lo que él había querido ver como un gesto romántico.

–Pensé que…

Ella lo interrumpió sin titubear.

–Pensaste que como me pagas por mis servicios, bastaría con una botella de champán y un anillo. Lo entiendo. Todo esto no es real, ¿por qué fingir que es algo más que sexo, no?

Rafe le soltó las manos.

–Dios.

–Yo también quiero hacer el amor contigo, pero esto –se estremeció–. Un anillo de compromiso es algo real y muy serio, igual que el matrimonio, pero tú te lo tomas como si fuera un juego, o una manera de llevarme a la cama.

Tuvo que hacer un esfuerzo por contener la ira que provocaron aquellas palabras.

–Soy perfectamente consciente de que el matrimonio no es ningún juego. Lo sé por experiencia, por si no lo recuerdas.

Larkin se alejó de él, escondiéndose en las sombras, de manera que Rafe no podía ver bien la expresión de su rostro.

–Me contrataste para hacer un trabajo, para que fingiera que estábamos prometidos delante de tu familia y accedí a hacerlo a pesar de que mentir va en contra de mis principios. No me contrataste para que me acostara contigo.

–Jamás haría nada semejante –su ira se había descontrolado–. Por nada del mundo pondría fin a esa parte de nuestra relación. Sería un insulto para ambos.

–Sin embargo me ofreces ese anillo para poder llevarme a la cama. A mí desde luego me parece que eso es ponerle precio.

Entonces sí fue tras ella y la estrechó en sus brazos.

–Sabes perfectamente por qué te he dado el anillo. No voy a romper la promesa que le hice a Primo, pero me muero de ganas de hacer el amor contigo y no puedo hacerlo hasta que estemos prometidos de manera oficial, algo que íbamos a hacer tarde o temprano, así que pensé, ¿por qué no ahora? Esta mañana desperté a Sev para que abriera Dante Exclusive y elegí un anillo para ti, uno que me recordaba a ti porque parece estar hecho a medida para ti.

Vio en su rostro que había conseguido llegar a ella con sus palabras. Volvió a mirar a la mesa, pero esa vez con curiosidad y con un anhelo que le rompía el alma.

–No voy a dejar que me compres.

–No pretendo hacerlo –la ira desapareció, pero Rafe no comprendía por qué aquella mujer le provocaba unas emociones tan intensas. Nunca le había pasado nada semejante–. Por lo que a mí respecta, lo que ocurra en la cama no tiene nada que ver con el hecho de que estés fingiendo ser mi prometida. Si nos hubiésemos conocido en otras circunstancias, habríamos acabado acostándonos de todos modos. Pero entonces no te habría regalado el anillo.

–Enséñamelo –dijo ella, después de respirar hondo.

No sólo se lo enseñó, sino que se lo puso y dejó que las piedras que lo formaban adquirieran vida en su dedo. El diamante central tenía un increíble brillo azul y a cada lado había una línea de otros diamantes colocados en disminución. Los dos últimos eran tan claros y brillantes como los ojos de Larkin. Estaban engarzados en un delicado diseño de platino que le habían parecido el perfecto reflejo de su personalidad.

–Es… –Larkin tuvo que aclararse la garganta para poder hablar–. Es el anillo más bonito que he visto en mi vida.

–Es de la colección Eternity.

Ella levantó la mirada al oír eso.

–¿La que estabais presentando cuando nos conocimos?

–Esa misma. Son todos diseños únicos y cada uno tiene su propio nombre.

–¿Cómo se llama esto? –Larkin titubeó antes de preguntárselo, algo que Rafe no comprendió porque era una pregunta obvia. Pero claro, había muchas cosas que no sabía sobre los sentimientos de las mujeres.

–Se llama Una vez en la vida.

–Es perfecto –tenía los ojos llenos de lágrimas–. Pero supongo que sabes que no puedo aceptarlo.

Estaba claro. No comprendía a las mujeres y nunca lo haría.

–No, no lo sé. ¿No puedes aceptar ningún anillo que yo te regalé, o éste en particular?

De sus ojos cayó una lágrima que a punto estuvo de hacer que Rafe se arrodillara ante ella.

–Éste –tuvo que parar para tratar de controlar sus emociones–. No puedo aceptar éste.

–¿Por qué demonios?

–Por el nombre.

–No hablas en serio –dijo de manera impulsiva, pero enseguida adoptó un tono de voz más conciliador–. Si no te gusta el nombre, podemos cambiárselo. Menudo problema.

Ella meneó la cabeza, derramando un par de lágrimas más que brillaban sobre su rostro casi con la misma intensidad que los diamantes.

–Sería un error, seguro que lo comprendes.

–No, no lo comprendo –por más que lo intentó, no consiguió mantener la calma–. Es parte del trabajo y podrás quedártelo cuando todo esto acabe.

Eso bastó para que se lo quitara del dedo inmediatamente.

—De eso nada. No podría aceptarlo.

—Fue lo que acordamos desde el principio.

Ella lo miró de frente, con dignidad.

—Es excesivo y ensuciaría su significado. Lo siento, Rafe —dijo devolviéndole la sortija—. No puedo aceptarlo.

«¡Maldita sea!».

—Tienes que llevarlo para hacer bien el trabajo. Después podrás quedártelo o no, lo que decidas. Si no lo quieres, te daré el equivalente en efectivo.

Larkin se mordió el labio inferior con nerviosismo.

—Creo que ha llegado el momento de modificar el acuerdo inicial. Cuando me dijiste que podría quedarme el anillo de compromiso, no pensé que habláramos de algo de este calibre.

—Si te diera algo de menos valor, mi familia sospecharía de inmediato.

—Por eso accedo a ponérmelo —se apartó de él y se miró la palma de la mano—. Pero sería mejor algo más pequeño, que no tuviera nombre.

—Sev ya sabe el anillo que he elegido y le parecería muy raro que lo cambiara —no le dio la oportunidad de buscar más excusas. Agarró el anillo y volvió a ponérselo. Afortunadamente, esa vez se lo dejó.

Pero la suerte duró poco.

—En cuanto a lo de modificar el compromiso…

—¿Qué es lo que quieres?

Larkin lo miró estupefacta, y Rafe no comprendió por qué de pronto se oscureció la expresión de su rostro y desapareció de ella toda emoción.

–No quiero tu dinero, Rafaelo Dante –dijo con una voz igualmente fría y carente de sentimiento–. Puedes quedarte con el anillo y con el efectivo. Sólo quiero que me hagas un favor.

–¿Qué favor?

–Te lo diré cuando haya cumplido con mi trabajo y todo haya acabado. Antes no.

–Me gustaría tener una idea de qué se trata –replicó él.

–De algo que podrás hacer por mí o no, lo decidirás en su momento.

Rafe se paró a pensar un segundo.

–¿Tiene algo que ver con la persona que estás buscando?

–Sí.

Aquello no tenía ningún sentido.

–Ya te dije que te ayudaría en todo lo que pudiese y estoy encantado de hacerlo. Pero te contraté para que hicieras un trabajo y es justo que te pague por ello.

Ella volvió a interrumpirlo.

–No se trata sólo de que te dé un nombre para que Juice investigue. Hay algo más, algo que tiene mucho más valor para mí que tu anillo o tu dinero.

–Me parece que eso lo decidiré cuando llegue el momento. Si lo que me pides no me parece que sea suficiente retribución para ti, te pagaré. Si no quieres el anillo, muy bien y, si no quieres el dinero, puedes donarlo a una organización benéfica.

Pero Larkin no reaccionó.

–¿Aceptas mis condiciones, o no?

Dependía de lo que fuera el favor, pero por el momento le parecía bastante razonable, aunque tenía la sospecha de que tarde o temprano descubriría la trampa. Tenía que haber una trampa. Eso era algo que había aprendido durante su matrimonio, pero también de algunas mujeres que habían precedido a su exmujer, y de otras que había habido después. Cuando uno estaba soltero y pertenecía a una familia como los Dante, siempre se trataba de lo que pudiera darle a una mujer. Una vez casados, Leigh se había despojado de su disfraz de inocencia y se lo había demostrado claramente. Bueno, cuando descubriera la trampa de Larkin se enfrentaría a ella, pero tenía la certeza de que sucedería.

–Claro –asintió con un cinismo que no sabía si ella percibiría–. Si está en mi mano hacer lo que me pidas, lo haré encantado.

–El tiempo lo dirá –murmuró ella–. Tengo otra petición.

–No te pases, Larkin –aquella advertencia no tuvo el menor impacto en ella.

–Me estaba preguntando algo y esperaba que pudiéramos hablar de ello.

–No me tengas en vilo.

–¿Qué pasó en el lago cuando Draco se rompió la pierna?

–Dios. ¿Eso es lo que te ha tenido preocupada toda la noche?

–¿Qué te hace pensar que estaba preocupada por algo? –preguntó, ofendida.

–No sé, puede que el largo silencio en el viaje de vuelta, o que has estado inquieta desde la conversación con Draco.

No debería haber mencionado a su hermano porque sólo sirvió para recordarle la pregunta.

–En serio, Rafe. ¿Qué te pasó ese día en el lago?

Al ver que no decía nada, Larkin añadió:

–Considéralo una condición para que lleve puesto el anillo.

–Ahora sí te estás pasando.

–Cuéntamelo.

–No hay mucho que contar.

Rafe se acercó a la mesa y comenzó a abrir la botella de champán, pero no porque estuviera de humor para celebraciones; lo que quería era emborracharse y olvidarse de toda su familia, del maldito Infierno e incluso de su nueva prometida. Sirvió el champán y le dio una copa a Larkin antes de dar un trago.

–¿Rafe?

–¿Quieres saber lo que pasó? Muy bien. Se olvidaron de mí.

–No entiendo –dijo, frunciendo el ceño–. ¿Qué quieres decir?

Rafe se obligó a sí mismo a confesarlo con voz tranquila. Con precisión y sin emoción, tratando de no sentir el dolor que lo invadía con sólo pensarlo.

–Lo que quiero decir es que todo el mundo se marchó dejándome allí y no se dieron cuenta hasta el día siguiente.

Capítulo Siete

–¿Qué? –Larkin lo miró sin dar crédito a lo que oía–. ¿Te dejaron en el lago? ¿Solo? ¿Lo dices en serio?

Rafe sonrió, pero la sonrisa no llegó a sus ojos, que seguían oscuros e impenetrables.

–Totalmente en serio.

–No lo entiendo. ¿Qué pasó? –le preguntó con curiosidad–. ¿Qué edad tenías?

Era evidente que no quería hablar de ello y quizá debería haberlo dejado en paz, pero no podía hacerlo. Tenía la sensación de que lo ocurrido en el lago tenía vital importancia en que Rafe se convirtiera en la persona que era en la actualidad.

–Tenía diez años y se habían acabado las vacaciones. Todos estábamos listos para marchar, pero mis primos, mis hermanos y yo estábamos aprovechando los últimos minutos. Corríamos de un lado a otro perseguidos por mi pobre hermana Gia, que tenía sólo cinco años. Draco se subió a un árbol para hacerla rabiar. Mis padres tardarían un buen rato en bajarlo de allí, así que decidí ir a ver un dique que había construido en el río. Parece ser que mientras yo no estaba, Draco se cayó del árbol y se rompió una pierna.

Larkin se frotó su propia pierna y cerró los ojos con dolor. Le rompía el corazón pensar en el pobre Rafe, allí solo.

–¿Nadie se preguntó dónde estabas?

–Había muchos niños –hablaba como si fuera un guión que hubiera memorizado–. Todos pensaron que estaba con otra persona. Draco estaba bastante mal, por lo que mis padres pasaron la noche en el hospital con él, por eso no se dieron cuenta de que nadie se había hecho cargo de mí.

Comprendía la decisión de sus padres. En su caso, sin embargo, su madre no había estado a su lado. Había sido su abuela la que no se había separado de su lado en ningún momento.

–¿Cuándo se dieron cuenta de que no estabas?

–Al día siguiente a última hora, cuando volvieron a la ciudad.

–Qué horror –Larkin se mordisqueó el labio–. Pobre Elia, debió de pasarlo muy mal.

Rafe le lanzó una mirada de frustración.

–¿Pobre Elia? ¿Y qué pasa del pobre Rafe?

–Tienes razón –toda la razón–. Pobre Rafe. Lo siento mucho.

Parecía un león herido y Larkin no pudo resistirse a la tentación de consolarlo. Se acercó a él con la misma cautela con la que se aproximaría a un animal salvaje. Al principio pensó que se apartaría, pero no lo hizo. No la animó a ofrecerle consuelo, aunque tampoco lo rechazó.

Deslizó las manos por su pecho, después se puso de puntillas y no titubeó antes de besarlo. Sus bocas se unieron, encajaban con la misma perfección que sus cuerpos. Había sido así desde el principio, lo que hizo que Larkin se preguntara si habrían podido tener algo serio si las circunstancias hubieran sido otras.

Era un sueño hermoso, pero nada más que eso y dolía mucho más de lo que habría creído posible.

Él comenzó a besarla con más pasión, con el fin de llevarlo más allá. Si el anillo, el champán y el compromiso hubiesen sido de verdad, nada le habría impedido caer en la tentación. Pero nada era real y por eso se obligó a retirarse.

No estaba preparada para hacerlo, al menos hasta que asimilara los cambios que había experimentado su relación. Quizá Rafe no se hubiera dado cuenta, pero la decisión de hacer el amor sería sólo de ella. Ella sería la que pondría las condiciones.

Rafe resopló con resignación.

—Deja que adivine. ¿Más preguntas?

—Eso me temo.

—Adelante.

—¿Qué hiciste cuando volviste y te diste cuenta de que todo el mundo se había ido? —le preguntó con verdadera curiosidad.

—Me senté y esperé durante unas horas. Después me entró hambre, pero la casa estaba cerrada, así que pensé que quizá me estaban castigando por haberme marchado en lugar de quedarme donde me habían dicho y llegué a la conclusión de que debía encontrar el camino de vuelta.

Larkin abrió la boca con asombro y horror.

—Dios mío. ¿No se te ocurriría…?

—¿Hacer autostop? Exacto. En ese momento me pareció lógico y sencillo. Sólo tenía que ir del lago a San Francisco. Lo más duro fue ir caminando hasta la autopista. Y encontrar comida.

Larkin apenas podía creer lo que oía.

—¿Cómo lo hiciste?

—Me encontré con un camping en el que no había nadie, así que les quité un poco de comida y agua.

–Conseguiste llegar a tu casa, ¿verdad?

–Tardé tres días, pero sí. En un tramo del viaje me colé en un autobús. Lo peor era encontrar excusas para explicar por qué estaba solo.

–Tus padres debían de estar histéricos.

Rafe llenó las copas de nuevo.

–Por decirlo suavemente.

–¿Y desde entonces?

La miró detenidamente por encima del borde de la copa.

–¿Desde entonces… qué?

–Desde entonces eres increíblemente independiente y te niegas a depender de nadie que no seas tú mismo.

–Siempre fui así. Aquello no cambió nada.

–Vamos, Rafe. Seguro que te sentiste aterrado cuando te diste cuenta de que te habían dejado solo. Toda tu familia, en quien confiabas, te había abandonado.

–No tardé en superarlo –dijo con frialdad–. Además, no me abandonaron.

–Pero tú creías que sí –insistió ella–. Y eso explica mucho de ti.

–No me gusta que me psicoanalicen.

–A mí tampoco. Pero al menos ahora entiendo por qué te empeñas en mantener a todo el mundo a distancia y tienes tanto afán en controlarlo todo –debió de ser terrible estar casado con alguien como Leigh, una experta en manipular las emociones y siempre empeñada también en controlarlo todo–. ¿Le contaste esa aventura a tu mujer?

–A Leigh no le interesaba el pasado; vivía el presente y planeaba el futuro. Aunque se lo hubiese contado, no creo que hubiese cambiado nada.

Eso era cierto.

—Para mí sí cambia las cosas —murmuró Larkin.

—¿Por qué?

Porque dejaba clara una cosa. Su relación jamás podría funcionar. Alguien con una naturaleza tan independiente siempre se rebelaría contra cualquier tipo de compromiso a largo plazo. La experiencia del lago le había enseñado a confiar sólo en sí mismo. Jamás podría confiar en ella en cuanto supiera quién era y Larkin tenía la sensación de que, cuando alguien perdía la confianza de Rafe, no podía recuperarse.

También le llamaba la atención que huyese de lo que ella llevaba deseando toda la vida. Una familia, la sensación de formar parte de algo, de tener un hogar. Su abuela había sido generosa y cariñosa con ella, pero nunca había sido una persona demasiado sociable. Había vivido en una tranquila granja, lejos de cualquier pueblo. Larkin se había quedado con ella por cariño, pero con el paso de los años había ido creciendo su deseo de conocer otra cosa. Esa otra cosa era precisamente lo que Rafe había rechazado. Durante el último año de vida de su abuela, Larkin había ideado un plan: primero encontraría a su padre, luego buscaría trabajo en una organización de ayuda a los animales en la que podría dar rienda a su verdadera pasión... salvar animales como Kiko.

La única duda era... ¿cómo demonios iba a salir de la situación en la que se encontraba? En realidad la respuesta era muy sencilla. Lo único que tenía que hacer era contarle a Rafe que era la hermana de Leigh y su compromiso quedaría anulado de inmediato. Después podría acceder o no a hacer lo que le pidiera. Y ése sería el final de la historia.

Por el momento necesitaba saber cuánto tiempo tenía pensado prolongar aquel falso compromiso y qué clase de final tenía planeado. Porque, conociendo a Rafe, sin duda tendría un plan.

–Tengo una última pregunta –anunció.

–Pues yo ya no quiero responder a nada más. En estos momentos sólo deseo una cosa –dejó la copa sobre la mesa, se dio media vuelta y le lanzó una mirada ardiente–. A ti.

¿Cómo había podido creer que podría controlar a aquel hombre? Parecía que era tan tonta como Leigh.

–No creo que…

–No me importa lo que creas –dijo, acercándose a ella–. Ni siquiera me importa ya si quieres ponerte o no el anillo. Lo único que importa es lo que deseamos los dos desde el momento que nos conocimos.

Sin decir nada más, tomó a Larkin en sus brazos y la levantó del suelo.

–¿Vas a hacerme el amor?

–Sí.

–¿Aunque eso signifique romper la promesa que le hiciste a Primo? –siguió preguntándole mientras la llevaba al dormitorio.

–Ya no. Te he puesto un anillo de compromiso, así que ya estamos prometidos oficialmente.

–Rafe…

La dejó sobre la cama y se tumbó junto a ella.

–¿De verdad quieres que pare?

La pregunta quedó flotando en el aire como una tentación. Era la hora de la verdad. Larkin no quería que parase. Hacía sólo unos días no habría podido imaginarse en la cama con el marido de Leigh. Sin embargo ahora…

Ahora no encontraba fuerzas para resistirse. Sabía que estaba mal, muy mal. Pero jamás había sentido nada tan maravilloso. Todo su ser vibraba cuando estaban juntos porque entre ellos había una conexión inexplicable que aumentaba a cada segundo.

–No quiero que pares –admitió–. Pero tampoco quiero que te arrepientas después.

–¿Por qué iba a arrepentirme? –dijo con una sonrisa en los labios–. Esto ayudará a disipar la tensión que hay entre nosotros.

–O lo empeorará todo.

Rafe se inclinó sobre ella y comenzó a besarla en ese punto débil que era la unión del cuello y el hombro.

–¿Te parece que esto es empeorar?

De los labios de Larkin salió un gemido.

–Eso no es lo que quería decir.

–¿Y esto?

–Me refería a cuando continuemos cada uno por nuestro lado –consiguió decir–. Esto hará que sea más difícil.

–Nos dará algo bueno que recordar cuando nos separemos.

–Pero nos separaremos, ¿lo entiendes, verdad?

Siguió cubriéndole el cuello de besos.

–Eso debería decirlo yo.

–Sólo quiero dejarlo claro.

–Muy bien. Ya lo tenemos claro los dos.

–Debería decirte algo antes de que sigamos.

Rafe se sentó en la cama con un suspiro y dejó que el aire llegara hasta Larkin. Encendió la lamparita de la mesilla, que llenó todo de luz.

–¿Podrías apagar la luz? –le pidió Larkin.

–¿Por qué?

–Me resulta más fácil decir lo que te voy a decir a oscuras.

–Está bien –dijo antes de apagar–. Habla.

–Creo que es justo que te avise de que nunca antes he hecho esto –confesó rápidamente.

Se hizo un intenso silencio.

–¿Quieres decir que nunca has tenido una aventura con alguien a quien conocieras desde hace tan poco tiempo? Eso es a lo que te refieres, ¿verdad?

–Sí, eso también.

Lo oyó maldecir entre dientes.

–¿Eres virgen?

–Más o menos.

–Que yo sepa, no se puede ser más o menos virgen. O lo eres o no lo eres.

Larkin tomó aire.

–Sí, soy virgen. ¿Tanto importa?

–Me gustaría decir que no, pero estaría mintiendo –se levantó de la cama–. Primo no habría necesitado poner ningún tipo de condiciones, sólo tenías que decir esas palabras y no te habría puesto las manos encima.

Larkin no podía permitir que terminara así. No quería que terminara. Llevaba mucho tiempo esperando al hombre adecuado y, a pesar de todo, no podía imaginarse hacer el amor con nadie que no fuera Rafe. Echó mano a la lámpara y la encendió, después se quedó helada ante su propio atrevimiento.

Él también se había quedado helado y la miraba sin pestañear.

Allí estaba, con un conjunto de sujetador y tanga

de seda azul que era lo más atrevido que se había puesto en su vida. El sujetador tenía un escote muy bajo que prácticamente servía sus pequeños pechos para que Rafe los observara a placer. Pero el tanga era aún más atrevido, pues se componía de un minúsculo triángulo de seda semitransparente que sólo servía para atraer la atención sobre unas caderas poco femeninas y el delta de sus muslos. Si se giraba sólo un centímetro, podría verle también el trasero.

Fue como si Rafe le hubiese leído la mente.

–Date la vuelta –le pidió con voz gutural y empapada en deseo.

Larkin lo hizo y sintió el calor de su mirada sobre la piel. Cuando volvió a mirarlo comprobó que no se había movido. ¿Por qué no reaccionaba? ¿Por qué no la tomaba en sus brazos y la llevaba de vuelta a la cama?

–¿Rafe? –le preguntó con ansiedad.

–Quítatelo todo. No quiero que nada se interponga entre nosotros.

Eso no era lo que había planeado.

–Pensé que…

–No quiero que te quede ninguna duda pendiente. Si quieres hacer el amor conmigo, si estás completamente segura, quítate el resto de la ropa.

Larkin comprendió lo que quería decir. No era que no quisiera tocarla, el deseo ardía en su mirada. Pero no iba a hacerlo hasta que le asegurase de que había tomado la decisión libremente, sin que él la convenciese con sus besos tentadores y sus expertas caricias.

Larkin sonrió y esa vez no titubeó. Se llevó la mano a la espalda y se desabrochó el sujetador, que cayó lentamente por sus brazos para después desaparecer en la sombra que había a sus pies. Rafe soltó una especie de gemido.

–¿Estás seguro de que no quieres encargarte personalmente de esto último? –lo desafió ella.

Dio un paso adelante, pero después se detuvo.

–Larkin… –le imploró.

Decidió dejar de torturarlo y quitarse el tanga.

–Por favor, Rafe –le dijo, con la prenda en la mano–. Hazme el amor.

No fue necesario que dijera nada más. Se acercó a ella con dos zancadas y la envolvió en sus brazos. Cayeron sobre el colchón al tiempo que sus bocas se fundían en un beso. Larkin hundió los dedos en su pelo, agarrándolo con fuerza, como si tuviera miedo de que se marchara. Qué tontería, pensó Rafe. Ahora que la tenía desnuda y en sus brazos, tenía intención de mantenerla así todo el tiempo posible. Lo más importante era conseguir que Larkin disfrutase al máximo de la experiencia.

–Creo que llevo demasiada ropa –murmuró Rafe.

Ella se echó a reír suavemente, de un modo que lo volvió loco.

–A lo mejor puedo ayudarte.

Empezó a desabrocharle los botones de la camisa, que le quitó en cuanto pudo para después acariciarle el pecho e ir bajando más tarde por el abdomen.

–Yo me encargo de eso –le dijo él cuando sintió que había llegado al cinturón.

–Me gustaría hacerlo –confesó ella–. A riesgo de espantarte, debo decir que nunca he desnudado a ningún hombre.

El efecto de aquella confesión fue justo el contrario de espantarlo. Quería que Larkin lo experimentara todo, todo lo que ella desease y le diera placer. Sólo esperaba no morir durante el proceso.

–Si hago algo que te haga sentir incómoda, dímelo y pararé.

–No creo que eso sea posible –bromeó ella.

–Es en serio, Larkin. Quiero que esto sea lo más perfecto posible.

Larkin dejó lo que estaba haciendo y le tomó el rostro entre las manos.

–El sexo no tiene por qué ser perfecto.

–¿No? –preguntó él con una carcajada–. Entonces he estado perdiendo el tiempo durante años.

–Así es –replicó ella–. Lo que tiene que ser perfecto es la persona con la que haces el amor.

Rafe cerró los ojos y tragó saliva.

–No digas eso, preciosa, porque yo no soy perfecto.

–No, no lo eres –confirmó ella y se echó a reír al ver la repentina tensión que apareció en el rostro de Rafe–. Pero en estos momentos, para mí sí lo eres. El hombre perfecto, el lugar perfecto y el momento perfecto.

–Sin presiones –bromeó también él.

Larkin volvió a echarse a reír. Después se encargó de la ropa que le quedaba puesta. La luna se colaba en la habitación, iluminando su cuerpo. Sus ojos azules brillaban casi con la misma fuerza que el satélite y con una belleza que podía competir con cualquier piedra preciosa de las que poseía la familia.

Rafe la observó con curiosidad. ¿Habría sido siempre tan menuda, tan delicada? ¿Cómo era posible que alguien tan etéreo tuviera tanta personalidad?

Recorrió los ángulos de su rostro, deleitándose en la belleza de sus pómulos, de la nariz y de sus labios carnosos.

–Creo que nunca había visto a nadie tan hermoso –le dijo.

Pero ella meneó la cabeza.

–Hay muchas mujeres más bellas.

Él puso fin a sus protestas con un beso.

–Para mí, no –le dijo después–. ¿Quieres que te lo demuestre?

Larkin abrió los ojos de par en par y asintió.

–Si insistes.

–Insisto.

Le puso las manos en los pechos y después se inclinó a saborearlos lentamente, rozándole los pezones con los dientes. La oyó gemir mientras le separaba las piernas y ella hacía un sorprendente baile con sus manos, en lugares inesperados.

Aquello se convirtió en un juego en el que ambos intentaban distraer al otro y hacer que la excitación aumentase. Rafe descubrió que tenía mucha sensibilidad en las piernas y que, si la acariciaba desde la rodilla hasta el húmedo centro de su cuerpo, se estremecía de placer.

El juego llegó a su fin cuando ella coló la mano entre ambos y lo agarró.

–Larkin, no creo que pueda esperar más –le advirtió.

Rafe sacó el preservativo que había dejado en la mesilla de noche con gran previsión. Un segundo después se había colocado sobre ella, entre sus muslos. Larkin levantó las rodillas, abriéndose a él. Pero Rafe no la tomó de inmediato, sino que aminoró el paso para que el final fuese tan maravilloso como todo lo anterior. Se abrió camino suavemente con la mano.

Ella se estremeció y levantó las caderas hacia él.

–Rafe, por favor –le imploró–. Hazme el amor.

Se zambulló en ella y la hizo suya mientras sus manos se entrelazaban igual que sus cuerpos. El calor se disparó y fue aumentando con cada movimiento.

Larkin levantó las caderas para sentirlo aún más mientras entonaba su canción de sirena, llamándolo con una voz que fue directa al corazón de Rafe, a su alma. Y se quedó allí. Su dulce voz, su mirada cautivadora. La fuerza de su cuerpo lo envolvió. Lo apresó y no lo dejaba marchar.

Jamás había sentido nada parecido a aquello. Con ninguna otra mujer. Era como si la unión de los cuerpos, hubiese unido también el resto de su ser y hubiese creado una conexión que Rafe nunca hubiera creído posible. Sintió un tremendo calor en la palma de la mano y de pronto se dio cuenta de algo.

Después de aquella noche, nunca más volvería a ser el mismo.

Capítulo Ocho

Larkin se movió y gimió de dolor cuando sintió las protestas de sus músculos.

–¿Estás bien? –le preguntó Rafe.

Ella levantó la mirada.

–Es una sensación muy extraña –le explicó–. El cuerpo me pide que no me mueva, pero hay ciertas partes que están diciendo: «Otra vez». Sería una loca si hiciese caso a esas partes.

–Comprendo.

Rafe se dispuso a levantarse de la cama, pero entonces ella lo agarró del brazo.

–Llámame loca.

En el rostro de Rafe apareció una pícara sonrisa.

–Los dos estamos locos.

Larkin se echó en sus brazos como si fuese su lugar por naturaleza, y quizá fuese así, a pesar de todas las complicaciones. Rafe había sido tan dulce con ella, tan atento; se había esforzado tanto en que disfrutara al máximo de su primera experiencia sexual. No importaba lo que ocurriera en el futuro, Larkin siempre tendría el recuerdo de aquella noche.

–Gracias –le dijo.

–¿Por qué?

–Por ser perfecto… al menos para mí.

Tardó unos segundos en responder.

–Es un placer.

Larkin sí tenía experiencia en besos y podía decir que ninguno estaba a la altura de los de Rafe. Conseguía seducirla con apenas rozarle los labios; no hacía falta nada más para que lo deseara con todas sus fuerzas. Un solo beso y Larkin sabía que estaba hecha para él. Un solo beso y supo que…

Lo amaba.

Aquello le cortó la respiración. No. No era posible. Le puso las manos en los hombros para apartarlo y alejarse de él. Necesitaba aire. Una cosa era el sexo y otra muy distinta el amor. ¿Cómo había podido ser tan tonta?

—¿Larkin? ¿Qué pasa, preciosa? —preguntó, tratando de agarrarla.

Ella esquivó su mano. Había sido esa mano precisamente lo que había dado lugar a todos los problemas con sólo tocarla. La mano que la había hecho caer en el Infierno.

Se envolvió en la toalla, de pronto era consciente de su desnudez.

—¿Cómo vamos a salir de ésta? —le preguntó.

—¿Salir de qué?

Larkin levantó la mano y la agitó. El diamante lanzó su brillo de fuego en todas direcciones.

—De todo esto. Del compromiso. ¿Cuál es tu estrategia?

—No lo sé. ¿Qué más da? —dio unos golpecitos en el colchón—. Vuelve a la cama. No hay ninguna prisa.

Aquello avivó el pánico de Larkin.

—¿Cómo que no lo sabes? Tienes que tener un plan. Tú siempre tienes un plan.

Rafe la miró detenidamente.

—¿A qué viene tan prisa?

118

–Necesito saber cómo va a acabar esto. Y cuándo.

Él también se levantó de la cama y fue a ponerse los pantalones que había dejado tirados en el suelo.

–¿Te estás arrepintiendo?

–No me arrepiento de haber hecho el amor conmigo, si es eso lo que me preguntas.

–Ya –murmuró, con ironía.

–Lo digo en serio –insistió ella–. No me arrepiento en absoluto.

–¿Entonces? –dejó a un lado los pantalones y la agarró por los hombros para abrazarla–. Estábamos besándonos y te pones a hablar de planes para poner fin al compromiso. ¿Qué demonios te ha pasado?

Larkin apretó los labios para frenar las palabras, pero no aguantó más de veinte minutos antes de soltar la verdad.

–Me ha gustado.

Rafe la miró sin comprender nada.

–¿Que te ha gustado el qué?

–Hacer el amor contigo.

–Eso está bien –dijo, sonriendo–. A mí también me ha gustado.

–No, no lo entiendes –intentó apartarse de sus brazos, pero él no la dejó. ¿Por qué demonios habría elegido ese momento para tener tal conversación, con él completamente desnudo?–. Me ha gustado mucho hacer el amor contigo.

–A mí también.

Larkin gruñó de frustración.

–¿Tengo que decírtelo con más claridad?

–Parece que sí.

–Me ha gustado tanto que quiero volver a hacerlo, lo más a menudo posible.

–No me extraña que quieras poner fin al compromiso –volvió a la ironía–. ¿Quién querría hacer el amor lo más a menudo posible?

–Ya basta, Rafe –sintió con horror que empezaban a agolpársele las lágrimas en los ojos–. Se supone que eres una persona lógica. ¿No se te ha ocurrido que, si seguimos haciendo lo que acabamos de hacer, puede que sea difícil parar?

–¿Quién ha dicho nada de parar?

–¿Es que no lo entiendes? Eso es lo que suele pasar cuando se rompe un compromiso, que los prometidos dejan de hacer el amor –hizo un mohín, algo que no hacía desde los tres años–. Y yo no quiero dejar de hacerlo. ¿Qué pasará cuando llegue el momento y no queramos parar?

–Lo que suele pasar es que esos sentimientos desaparecen poco a poco –lo dijo con tal sencillez que el dolor que le provocó fue aún peor–. Lo que ocurre es que nunca has pasado por esa etapa de las relaciones, pero fíate de mí. Sé por experiencia que el sexo, por bueno que sea, y las joyas no bastan para que una mujer quiera seguir con una relación una vez que sale del dormitorio.

Eso no tenía ningún sentido.

–Ahora soy yo la que no entiende nada. He entendido que crees que la atracción física va desapareciendo gradualmente, pero lo que no comprendo es qué tiene eso que ver con lo demás. ¿Qué tienen que ver las joyas?

–¿De verdad no sabes lo que tienen que ver las joyas con el sexo? –le preguntó después de soltar una fría carcajada.

–No. Y si tú crees que hay alguna relación entre

ambas cosas es porque has estado con las mujeres que no debías.

Eso lo dejó callado unos segundos.

—Debo reconocer que ahí tienes razón.

—Escucha, a mí no me importan las joyas lo más mínimo. Si el sexo falla, no creo que las joyas puedan solucionar el problema. Lo que quiero que me digas es qué va a pasar al salir del dormitorio que estropeará la relación.

—Supongo que tiene que ver con el hecho de que soy un solitario —explicó con calma—. Demasiado independiente. Sin domesticar y distante.

Aquella retahíla de palabras sonaba a que Rafe estaba citando a alguien.

—¿Es así como te describía Leigh? —le preguntó, indignada.

—Pero no es la única —se frotó la cara—. ¿Cómo demonios hemos acabado hablando de esto?

—A ver si lo he entendido… ¿Crees que cuando me aburra del sexo contigo, querré dejarte?

—Sí —dijo y esbozó una seductora sonrisa—. Haré todo lo que esté en mi mano para que no te aburras.

—¿Y ésa es tu estrategia? ¿Un día desapareceré y le dirás a tu familia que me he aburrido y me he ido?

—Yo no doy explicaciones a mi familia.

Larkin enarcó una ceja.

—Yo creo que vas a tener que hacerlo cuando yo me vaya —no protestó, así que seguramente estaba de acuerdo con ella—. Haremos una cosa, yo me encargaré de la ruptura.

—¿Y cómo piensas hacerlo?

Qué tonta. Debería haber previsto que se lo preguntaría.

–Es mejor que no lo sepas.

Rafe cruzó los brazos sobre el pecho. Allí desnudo y con esa mirada, Larkin comprendió que algunas mujeres se sintieran intimidadas por él. Pero ella no.

–No dejaré que me engañes –le advirtió con ferocidad.

–No se me había pasado por la cabeza.

–Está bien –parecía convencido por su sinceridad–. Dame alguna pista para que pueda decidir si puede funcionar o no.

–Confía en mí, funcionará. No sólo lo creerán, sino que te apoyarán y no tendrás que preocuparte por que vuelvan a intentar encontrarte esposa –le dijo mirándolo fijamente a los ojos mientras se preguntaba si podría ver la tristeza que sentía al pensar en el futuro.

Enseguida comprobó que sí lo había visto.

–¿Qué ocurre, Larkin? ¿Estás enferma o algo así?

–No, no es nada de eso –le aseguró. Tenía que cambiar de tema antes de que la obligara a decir la verdad. Le puso las manos en el pecho y lo llevó hacia la cama–. ¿Por qué zanjamos la discusión por el momento y te aseguras de que no me aburra?

Cayeron juntos y riéndose sobre el colchón. Larkin decidió no pensar más en el futuro y disfrutar de cada segundo que pudiera estar con él hasta que descubriera quién era ella y lo que quería de él. Le horrorizaba pensar que eso pudiera hacerlo aún más solitario de lo que ya era. Si eso ocurría, jamás podría perdonarse por ello. Pero quizá él lo comprendiera y quisiera ayudarla.

Y quizá los cerdos empezaran a volar.

–¿Qué piensas? –le preguntó él de pronto.

–Nada importante –dijo Larkin, con una sonrisa forzada.

–Sea lo que sea, te ha puesto triste.

–Entonces haz que piense en otra cosa.

No fue necesario insistir. Rafe se apoderó de su boca con un beso apasionado que hizo desaparecer todos los pensamientos de su mente y sólo pudo sentir. El roce de sus labios, volviéndola loca de deseo. Las caricias de su mano, de esos dedos mágicos que la llenaban de placer.

Se rindió a ese placer, a sensaciones que exploró con una curiosidad que a él parecía resultarle increíblemente excitante. Nunca se había parado a pensar lo duras que podían ser algunas partes del cuerpo masculino y lo flexibles y sensibles que eran otras.

Se rieron mientras ella lo acariciaba con audacia, hasta que Larkin lo miró a los ojos y dijo:

–Me cuesta imaginar que pudiera aburrirme contigo.

Él tardó unos segundos en responder.

–Yo tampoco creo que pueda aburrirme contigo.

Lo que había comenzado como un encuentro divertido y desenfadado se volvió entonces más intenso y profundo, con ciertos matices agridulces. Larkin lo besó y luego empezó a recorrer su cuerpo con los labios y la lengua, dándole suaves mordiscos. En los brazos, el pecho, el vientre y siguió bajando hasta la fuente misma del deseo.

Rafe no le permitió que se quedara allí tanto como habría deseado porque decidió comenzar él la exploración hasta que ambos se unieron en un solo ser. Con las manos entrelazadas, como antes. Larkin sabía por qué, lo veía en sus ojos y en la emoción que relejaban y que él no se atrevía a expresar. Aunque Rafe lo habría negado con furia, latía entre ambos y no dejaba lugar a dudas.

Larkin se abrió a él, se rindió a la explosión de pasión que la arrastró como una hoja en una ráfaga de aire. Empujada hacia una sensación increíble y perfecta, porque no estaba sola. Estaba con Rafe.

La gente lo llamaba lobo solitario y él había respondido a su reputación hasta el punto de creérselo. Pero había algo que nunca se había parado a pensar, algo que quizá no sabía o había olvidado. Pero ella sí lo sabía porque también ella era una loba solitaria.

Los lobos se emparejan para toda la vida.

La semana siguiente fue una de las más increíbles de su vida. Hacer el amor con Rafe no habría tenido por qué cambiarlo todo. Pero lo hizo. Cuando se paraba a pensarlo, y procuraba no hacerlo a menudo, se daba cuenta de que no se trataba del sexo en sí, sino de la intimidad que compartían y que le había dado una nueva dimensión a su relación.

Se pasaban horas charlando de cualquier cosa y de todo, excepto de los temas que Larkin evitaba para que Rafe no la relacionara con Leigh. Arte. Ciencia. Literatura. El negocio de las joyas…

¿Cómo era posible que nadie lo considerara una persona distante?

Larkin estaba encantada con la amistad que parecía haber surgido entre Rafe y Kiko, incluso lo había descubierto hablando con la perra en un par de ocasiones.

–Ya me contarás algún día lo que te responde –bromeó aquella vez al oírlo hablar con Kiko.

–Es un secreto entre ella y yo –respondió Rafe y le dejó la comida en el suelo–. ¿Has terminado de hacer la maleta para ir al lago?

–Sí. No hay mucho que guardar, a pesar de todo lo que me ha regalado tu madre.

–Parece haberse empeñado en renovar tu vestuario.

Larkin sonrió con tristeza.

–Me preocupa porque no sabe que nuestro compromiso es una farsa y no quiero que gaste tanto dinero en mí sin saber que nunca voy a ser su nuera. No está bien.

Rafe se volvió a mirarla de frente.

–Ya hemos hablado de esto.

Entonces sí comprendió que algunos se sintiesen intimidados por él.

–En ese caso, utilizaré sólo algunas cosas y así podrás devolverle las demás cuando yo me haya ido.

–¿A qué viene ese empeño en hablar de marcharte?

–Pues… –hizo un esfuerzo para poder seguir hablando–. Se me ha ocurrido que esta reunión en el lago podría ser un buen momento para nuestra ruptura.

–¿Delante de toda mi familia?

–¿Es una mala idea?

–Muy mala. Estoy seguro de que todo el mundo se pondría de tu parte en cualquier pelea.

–Más que una pelea, yo había pensado en anunciar algo.

–Yo no hago ninguna de esas cosas en público, y

mucho menos delante de toda mi familia –dio un paso hacia ella y la miró a los ojos–. ¿Es que ya te has aburrido, Larkin?

–¡No! ¿Cómo puedes pensar eso?

–No sé, ¿quizá porque quieres romper el compromiso después de sólo una semana?

–Por si no te quedó claro anoche, no estoy aburrida –aseguró, sonrojándose al recordar lo que habían compartido la noche anterior–. Ni mucho menos.

–Me alegra oír eso. ¿Entonces…?

–Lo que ocurre es que tengo miedo –como de costumbre, Larkin no tardó en decir la verdad.

–¿Miedo? ¿De mí?

–¡No! –se abrazó a él para demostrárselo–. No se te ocurra pensar eso. Jamás.

–¿Entonces de qué tienes miedo?

No quería decírselo, pero no veía otra alternativa. Quizá si lo comprendía, la dejara marchar antes de que fuera demasiado tarde.

–Me da miedo alargar el compromiso y que me resulte muy doloroso cuando llegue el momento de marcharme.

En los ojos de Rafe apareció un brillo oscuro e intenso. Cualquiera que lo conociera se daría cuenta de que no era distante, sino que se empeñaba en controlar férreamente sus emociones. En realidad nunca había conocido a un hombre tan sensible y apasionado, pero había aprendido a no demostrar jamás lo que sentía.

–No voy a dejar que te marches –dijo él con un suave susurro–. No puedo permitirlo.

No le dio oportunidad de responder. La estrechó en sus brazos y, en lugar de llevarla a la habitación de invitados, subió la escalera hasta su propio dormitorio. Nunca habían hecho el amor allí, por lo que Larkin había llegado a la conclusión de que aquél era su terreno y no quería compartirlo con ella.

Una vez allí, Larkin miró a su alrededor con curiosidad. La decoración confirmó la idea que tenía de él. Los muebles eran muy masculinos y robustos, pero el ambiente general era también elegante y cálido. Si le hubiesen mostrado cien habitaciones y le hubiesen preguntado cuál era la de Rafe, habría elegido aquélla sin dudarlo.

De pronto se dio cuenta de que estaba observándola con una intensa mirada que le recordó a la de Kiko.

–Bienvenida a mi guarida –le dijo Rafe.

–¿Y quién soy yo, tu Caperucita Roja?

Larkin esbozó una sonrisa, pero al ver que se acercaba quitándose la camisa, dejó de sonreír y se dejó llevar por la necesidad de sentirlo dentro de su cuerpo, de dejarse poseer y poseerlo también.

–¿Aún no sabes quién eres? ¿De verdad no te has dado cuenta?

En ese momento lo comprendió. Supo quién era él para ella y ella para él.

Era su pareja.

Al llevarla allí, había bajado la guardia y le había permitido entrar en el lugar más privado de su casa… y de sí mismo.

Mientras disfrutaba de sus caricias, Larkin se moría de dolor. Rafe por fin se había abierto a ella y dentro de pocas semanas, o quizá días, ella iba a acabar con su confianza y con cualquier esperanza de que algún día pudiera amarla.

Capítulo Nueve

Cuanto más se acercaban a la casa del lago más aumentaba la tensión de Larkin. Rafe lo sentía y sabía bien el motivo.

–Nadie lo sabrá –le dijo.

Larkin lo miró por encima de las gafas de sol que le había dejado él porque ella no tenía.

–¿No van a saber que nos acostamos, o que nuestro compromiso es una farsa?

Rafe sonrió al ver lo grandes que le estaban las gafas.

–Sí.

Eso bastó para hacerla reír.

–Tienes toda la razón. Supongo que me siento culpable.

–¿Por acostarte conmigo, o porque nuestro compromiso es una farsa?

Lo miró y sonrió de nuevo.

–Sí.

–En cuanto al sexo, no te preocupes porque enseguida comprobarás que el anillo que te regalé es mágico.

Larkin levantó la mano y admiró el brillo de los diamantes.

–¿Sí?

–Desde luego. En cuanto te lo puse en el dedo hice que nadie vea lo que no quieren ver.

–Ah. ¿Entonces no se darán cuenta de que nos acostamos?

Parecía más relajada.

–Puede que sospechen, pero el anillo hará que prefieran no pararse a pensarlo siquiera.

–¿Incluso Primo y Nonna?

–Especialmente ellos.

–¿Y qué me dices de la segunda preocupación?

–La verdadera naturaleza de nuestro compromiso tampoco tiene ninguna importancia.

–¿Por qué? –preguntó con curiosidad y con un anhelo que Rafe encontró encantador.

–Porque tengo un plan.

–¿De qué se trata? –parecía inquieta.

Rafe hizo una pausa.

–Creo que no voy a decírtelo por el momento –al menos hasta que encontrara la manera de convencerla de que saldría bien. Sería un gran paso para ambos y sólo el tiempo diría si habían hecho bien–. Necesito un poco de tiempo para madurarlo bien.

–Supongo que recordarás que yo también tengo un plan –dijo ella, delatando su nerviosismo.

–Lo dejaremos como plan B.

–No es posible –dijo con tristeza y, al ver que él la miraba, se vio obligada a añadir–: Con el tiempo ocurrirá por sí solo.

–¿Qué quiere decir eso?

Llegaron a la casa antes de que ella pudiera responder, pero Rafe se prometió a sí mismo que abordaría el tema en cuanto tuviese oportunidad. Una cualidad de su prometida era que le resultaba imposible ocultarle ningún secreto; sólo tenía que pincharla un poco y se lo soltaba todo.

–Esto es maravilloso –comentó mientras observaba la casa y las cabañas adyacentes junto al lago.

–Supongo que ahora entiendes que todos tratemos de venir cada año.

–Yo no me marcharía de aquí jamás.

–Supongo que nos quedaremos en la casa principal –anunció Rafe mientras aparcaba el coche.

–En distintas habitaciones, me imagino.

–Desde luego, pero no te preocupes porque conozco muchos sitios donde podremos encontrar un poco de intimidad.

Una sonrisa pícara iluminó el rostro de Larkin.

–Nunca he hecho el amor en el bosque.

–Un error que hay que subsanar cuanto antes.

Los siguientes días resultaron muy instructivos. A pesar de la timidez inicial, tanto Larkin como Kiko se adaptaron magníficamente a su familia. Eso hizo que Rafe se diera cuenta de que ella nunca hablaba de su familia, excepto de su madre, y se preguntó cuál sería el motivo. Parecía disfrutar sinceramente del cariño y la atención que le prodigaban los Dante, especialmente sus padres. Había mencionado en varias ocasiones que la había criado su abuela, pero siempre cambiaba de conversación cuando surgía el tema de sus padres. ¿Qué habría sido de ellos?

Hacia el final de la estancia en el lago, Rafe encontró por fin el momento de preguntárselo durante un picnic que había preparado sólo para los dos.

–Todo esto es… una maravilla –dijo ella al ver todo preparado en una isla del lago a la que llegaron nadando.

Rafe percibió algo en su voz e incluso creyó ver el

brillo de las lágrimas en sus ojos, pero ella se esforzó en asegurar que no le pasaba nada.

–Gracias por traerme –dijo, sin decirle realmente lo que le ocurría–. Esta semana ha sido como un sueño.

–Supongo que el anillo funciona. Nadie te ha dado ningún problema.

–Tu familia es magnífica. Sólo espero que no se disgusten mucho cuando rompamos el compromiso.

Era el momento de dar el primer paso de su plan.

–No hay prisa. De hecho, creo que puede que sea necesario alargarlo un poco más. ¿Tienes algún inconveniente?

–Yo… no lo sé.

No le dio oportunidad de que inventara ninguna excusa. Sirvió la comida y el vino con la esperanza de distraerla.

–Dime una cosa, Larkin –le dijo mientras recogían después–. ¿Por qué te crió tu abuela? ¿Dónde estaban tus padres?

En el momento que oyó la pregunta se quedó inmóvil. Era como si hubiera acorralado a un animal salvaje. No dijo nada durante un buen rato, algo que no era propio de ella, lo que quería decir que Rafe había dado con algo importante.

–Me crió mi abuela porque mi madre no me quería.

–¿Qué? –era algo inconcebible para la manera de pensar de Rafe–. ¿Cómo podría alguien no quererte?

Larkin hundió el rostro en la copa de vino.

–No me gusta hablar de ello.

Eso sólo sirvió para que Rafe se empeñara más en

sonsacárselo, del mismo modo que lo había hecho ella cuando había insistido en que le contara lo sucedido en el lago años atrás.

—¿Y tu padre?

—No estaba —se limitó a decir, con evidente incomodidad.

—¿Abandonó a tu madre?

Eso la hizo sonreír.

—Mi madre no es una mujer a la que se abandone. Especialmente si eres un hombre. Fue ella la que dejó a mi padre para volver con su marido.

—¿Por eso acabaste viviendo con tu abuela?

Larkin asintió.

—Mi madre descubrió que estaba embarazada poco después de haber vuelto con su marido. Ellos ya tenían una hija legítima. Como es lógico, no quería que yo estropeara la escena o fuera una mala influencia para su hija, así que decidió criar a mi media hermana y a mí me dejó con mi abuela. Incluso me puso su apellido de soltera para que su marido no supiera nada de mí. Supongo que podría haber hecho cosas peores.

—¿Y tu padre, qué fue de él?

Larkin no respondió, se limitó a encogerse de hombros.

—No sabes quién es tu padre, ¿verdad?

—No —admitió—. Sólo tengo algunas pistas.

Rafe no soportaba que no lo mirara, no sabía si porque se sentía avergonzada o porque estaba concentrada en controlar sus emociones. Quizá por ambas cosas.

—Supongo que es a él a quien buscas.

—Acertaste de nuevo.

–¿Cómo se llama? Si me das el nombre, puedo pasárselo a Juice y él lo localizará enseguida.

–Ése es el problema, que no sé el nombre.

–Vaya. No sé cómo preguntarte esto…

–Deja que te ayude. Quieres saber si mi madre sabía su nombre. Sí, sí lo sabía.

–¿Y no te lo ha dicho –preguntó Rafe, furioso.

–Murió antes de hacerlo, pero sí mencionó que vivía en San Francisco. Y mi abuela recuerda que lo llamaba Rory.

–No es mucho, pero puede que Juice pueda averiguar algo. ¿Tienes algo más, alguna carta o algún recuerdo?

–No creo que quieras saberlo.

–Claro que quiero. Si puedo ayudar…

Rafe la miró, intrigado.

–¿Recuerdas cuando te dije que mi plan para romper el compromiso sucedería por sí solo? Si sigues haciendo preguntas, empezará la marcha atrás para que suceda.

–¿Qué tiene que ver tu padre con nuestro compromiso?

Larkin la miró con los ojos llenos de tristeza.

–Te lo diré, pero no olvides que he intentado advertirte.

–Muy bien. Ahora cuéntamelo.

–Poco antes de que mi madre lo abandonara, mi padre le regaló una pulsera antigua que yo pensaba utilizar para averiguar quién es.

–Estupendo. Se la daremos a Juice…

–El problema es que yo no la tengo –lo interrumpió Larkin, que parecía estar haciendo un verdadero esfuerzo para no perder la compostura.

—¿La vendiste?

—¡No!

—¿Entonces dónde está?

—Se la llevó mi hermana. Mi media hermana.

Dios. ¿Iba a tener que arrancarle los detalles uno a uno?

—No comprendo. ¿Cómo acabó ella con la pulsera si tu padre no era su padre y ni siquiera crecisteis juntas?

—De vez en cuando mi madre venía a visitarme con mi hermana y en una de esas visitas, me dio la pulsera. A mi media hermana no le hizo ninguna gracia; ella tenía todo lo que pudiera desear, excepto esa pulsera. Ahora me doy cuenta de que no soportaba la idea de que yo tuviera algo que ella no tenía. Un día tuvo una rabieta tremenda.

—¿Y tu madre acabó dándole la pulsera?

—No. Se la llevó de casa de mi abuela gritando y pataleando. Después de eso, siempre que venían parecía que todo iba bien, aunque un día la descubrí fisgoneando en mi habitación. Años más tarde, después de que muriera mi madre, apareció un día por sorpresa. Yo pensé que intentaba retomar la relación —dijo riéndose con amarga tristeza—. Después de que se fuera me di cuenta de que la pulsera no estaba.

—¿Y no puedes recuperarla?

—Aún no lo sé. Es posible.

—¿Hay algo que yo pueda hacer para ayudarte? Quizá podríamos ir a verla e intentar comprársela.

Por algún motivo, la amabilidad de Rafe hizo que Larkin rompiera a llorar. Él la abrazó y dejó que hundiera el rostro en su hombro. No comprendía cómo una madre podía abandonar a su hija. Ahora comprendía que Larkin disfrutara tanto estando con su numerosa familia y que le encantara que todos se entrometieran y participaran en la vida de los demás. Ella nunca había tenido nada de eso. Su madre la había abandonado, no había conocido a su padre y su media hermana la había traicionado. Pero eso se había acabado. Había que ponerle remedio de inmediato.

–Vamos a recuperar tu pulsera y la utilizaremos para localizar a tu padre –le prometió–. Si alguien puede hacerlo, es Juice. Empecemos por la pulsera. ¿Cómo se llama tu hermana? ¿Dónde vive?

De pronto, sin previo aviso, Larkin se apartó de su lado, se tiró al agua y echó a nadar hacia la orilla como si la persiguiera el mismísimo demonio. Rafe fue tras ella y alcanzó la orilla unos segundos después. La agarró del hombro y le dio media vuelta.

–¿Qué demonios ocurre? –le preguntó, sin apenas aliento–. ¿Por qué has salido huyendo de esa manera?

Ella tampoco tenía respiración y el agua le caía por la cara igual que lo habían hecho las lágrimas.

–Te avisé. Te advertí que no habláramos de eso.

Rafe comenzó a sospechar.

–¿Quién es, Larkin? ¿Cómo se llama tu hermana?

–Se llama… se llamaba… Leigh.

–Leigh –repitió él y meneó la cabeza–. No será mi esposa, no será esa Leigh.

Larkin cerró los ojos y dejó de luchar.

–Sí, tu difunta esposa, Leigh, era mi media hermana –lo miró con los ojos abiertos de par en par, pero vacíos de emoción–. Y me preguntaba si tú podrías devolverme la pulsera que me quitó.

Por un momento Rafe no pudo moverse, ni pensar. Pero entonces se le encendió una luz y lo comprendió todo.

–¿Todo este tiempo me has ocultado tu relación con Leigh? ¿Para poder encontrar su pulsera?

–Mi pulsera. ¡Pero no! –se llevó las manos al pelo con frustración–. No me instalé en tu casa para buscar la pulsera, si eso lo que sugieres. Pero sí, pedí que me mandaran a trabajar a la fiesta de los Dante para poder verte y pensar una manera de acercarme a ti.

Desde el principio había estado observándolo e ideando un cebo para atraparlo. Y él había mordido el anzuelo. Había caído en la misma trampa que había utilizado Leigh. La pobre muchacha inocente, en el caso de Larkin, abandonada por su madre. ¿Sería cierto algo de eso? Nada de lo que le había contado Leigh había resultado ser verdad.

–Qué tonto he sido.

–Lo siento, Rafe. Si te soy sincera…

–Sí, por favor –la interrumpió sarcásticamente–. Sé sincera por una vez.

–La noche que me ofreciste el trabajo iba a decirte toda la verdad.

Rafe empezó a caminar de un lado a otro delante de ella. Jamás había sentido tal furia. Larkin había conseguido hacerse un hueco en su corazón como no lo había hecho Leigh y por eso su traición era aún más dolorosa.

–Si me lo hubieras dicho, te habría echado de allí inmediatamente.

–Lo sé.

–Por eso no lo hiciste.

Esbozó una tenue sonrisa.

–Creo que en realidad fue por el hecho de que me ofrecieras ser tu prometida y después me besaras. Fue entonces cuando me olvidé de todo lo demás.

A él le había pasado lo mismo y eso le ponía furioso.

–Aun así deberías habérmelo dicho.

–Después aparecieron tus abuelos y me echaron del apartamento –siguió repasando los hechos con tenacidad–. Ahí no te lo dije porque no quería pasar la noche en la calle.

–Yo no te habría echado de mi casa en medio de la noche –Rafe sonrió con tristeza–. Al menos eso creo.

–Después por la mañana llegaron Elia y Nonna –se mordió el labio inferior con preocupación–. No debería haber dejado que gastaran ni un dólar en mí. Hice mal, pero prometo que voy a devolverles hasta el último centavo.

–¿Quieres olvidarte del maldito dinero? –Rafe se frotó la cara. ¿Por qué le había dicho eso? Larkin estaba allí precisamente por dinero, igual que Leigh, pero con una actuación mucho más convincente–. Has tenido muchas oportunidades para decírmelo en todo este tiempo. ¿Por qué no lo has hecho?

–Tienes razón. Debería habértelo dicho. La única excusa que tengo es que sabía que eso lo cambiaría todo –empezó a temblarle la barbilla, pero enseguida lo controló–. Y yo no quería que nuestra relación cambiara.

Rafe intentó no dejarse influir por su aparente debilidad o su desesperación. Por muy inocente que pareciera, era tan taimada como su hermana.

–¿Quieres la pulsera de Leigh? Te la daré mañana a primera hora, después de eso, te marcharás de inmediato.

Ella no dijo nada durante unos segundos. Rafe no quería dejarse afectar por su angustia y sin embargo le afectó.

–¿Entonces la tienes tú? –le preguntó ella en voz baja–. Pensé que a lo mejor se había perdido cuando se estrelló el avión.

–Estaba en Dantes porque se le había roto el cierre. Ahora está en la caja de seguridad de mi despacho –se volvió a llamar a Kiko con un silbido–. Nos vamos. Le diré a todo el mundo que ha habido una emergencia.

–Muy bien –no protestó. Su voz había adquirido un tono formal–. En cuanto lleguemos a la ciudad buscaré un lugar donde quedarnos.

Aquellas palabras sólo sirvieron para aumentar el enfado de Rafe.

–A pesar de las ganas que tengo de que te vayas de mi casa, me temo que no podrás encontrar un lugar esta noche. Mañana te daré la maldita pulsera y te buscaré un apartamento o un hotel en el que acepten a Kiko –al ver que iba a hablar, Rafe levantó la mano y la cortó en seco–. Fin de la discusión. A partir de ahora vamos a hacer las cosas a mi manera y eso significa que desaparezcas de mi vista lo antes posible.

Rafe no perdió el tiempo en dar demasiadas explicaciones a su familia, ni les dio oportunidad de expresar su preocupación antes de salir de allí rumbo a San Francisco. En cuanto llegaron a la casa, Larkin se fue directamente a su dormitorio y él la siguió. Quizá no fuera lo más inteligente, pero quería hacerle algunas preguntas. Se detuvo en la puerta y la observó, tratando de ver cómo era realmente… una mujer movida por la avaricia y la falsedad.

Fue como si le leyera el pensamiento.

–Yo no soy como Leigh –le dijo sin volverse a mirarlo.

–¿No? Las dos habéis hecho lo mismo; pasar de ser dulces e inocentes a frías y calculadoras. Supongo que soy un blanco para las mujeres como vosotras. Puede que Leigh fuera más sofisticada, pero no tardé mucho en darme cuenta de que quería lo que quieren todas las mujeres de los Dante, nuestro dinero. Supongo que podría haberlo soportado durante un tiempo.

–¿Qué pasó entonces?

–Lo que me negué a aguantar fue el adulterio.

Larkin lo miró de frente.

–¿Leigh te engañó? –preguntó, asombrada.

Rafe debería haberse sentido halagado.

–¿Te cuesta creerlo?

–Sí.

Se paró a observarla, luego se acercó y le puso las manos en los hombros.

–¿Cómo lo haces? –ella levantó la mirada, esos enormes ojos azules llenos de inocencia y candor–. ¿Cómo haces para parecer tan ingenua a pesar de todas tus mentiras?

–Yo no soy Leigh –insistió de nuevo–. No voy a permitir que me juzgues como si fuera ella. Porque no lo soy.

–Te habría creído si hubiese sido sincera conmigo desde el principio. Sólo por curiosidad, ¿algo de lo que me has dicho es cierto? ¿Es verdad que te abandonó tu madre y te criaste con tu abuela?

El agotamiento había invadido el rostro de Larkin.

–Yo nunca te he mentido, Rafe. Simplemente te oculté que Leigh era mi hermana, pero te dije que tenía secretos. Mentiras por omisión, ¿te acuerdas? –lo miró a la cara, seguramente buscando alguna señal de debilidad que poder aprovechar–. Tú dijiste que omitir ciertas cosas era lo que se hacía cuando se salía con alguien. Todo lo que te he contado es cierto.

–Y se supone que tengo que creerte.

–¿Sabes una cosa, Rafe? Me da igual que no me creas. Sé que es cierto y eso es lo que importa. ¿Deberías estarme agradecido? Te he dado la excusa perfecta para seguir manteniendo la distancia sentimental que tanto te gusta. Te he traicionado; ya puedes volver a tu independencia. Vuelves a ser el lobo solitario. Deberías estar contento.

Larkin intentó apartarse, pero él la agarró con más fuerza.

–¿Por qué sigo sintiéndolo?

Ella comprendió de inmediato a qué se refería y lo miró con una combinación de pánico y deseo.

–Puede que de verdad sea el Infierno.

–Te encantaría, ¿verdad?

–Sí, si fuera real –admitió con sinceridad–. Pero en las actuales circunstancias, no me hace ninguna ilusión.

Rafe soltó una fría carcajada.

–Todo esto tiene algo de bueno. Cuando cuente todo esto a mi familia, conseguiré que por fin me dejen tranquilo con el Infierno. Y comprenderán

también que no pueda casarme con mi alma gemela del Infierno siendo la hermana de Leigh.

La furia estalló dentro de Larkin.

–Su media hermana. Y estoy harta de que me cul-
pen de sus actos. ¿Quieres un motivo para enfadar-
te? Yo te lo daré.

Sumergió las manos en su pelo y tiró hacia abajo
para hacerle inclinar la cabeza y poder besarlo en la
boca despiadadamente. Aquella agresividad disparó
el deseo de Rafe. Había estrellado su boca contra la
de él y movía los labios apasionadamente, ofrecién-
dose a él. Rafe no titubeó. Sus cuerpos se fundieron
y pudo sentir sus pechos, su pelvis y su boca, una
boca dulce como una cereza madura.

En cuanto cayeron sobre el colchón, Rafe metió
las manos por debajo de su blusa y le acarició los pechos hasta hacerla gemir. Se perdió en el fuego que
ardía por combustión espontánea cada vez que se
tocaban.

–Dime que esto es mentira –le dijo ella, mordis-
queándole los labios–. Dime que miento respecto a
lo que pasa cada vez que nos besamos. Dime que
esto no es verdad –Larkin se apartó de él y se levantó de la cama–. ¿Crees que yo quería que esto pasa-
ra? Eres el marido de Leigh. Yo nunca quise nada
que le hubiera pertenecido a ella y tú… –se le que-
bró la voz y se dio media vuelta.

–Yo no le pertenecía.

–Estabas casado con ella, no hay mucha diferencia.

Rafe se levantó también, consciente de que no
podía hacer o decir nada que restituyera el orden
de las cosas. Deseaba a una mujer de la que no se fia-

ba. Seguramente habría hecho el amor con ella si ella no lo hubiese frenado. Su primera esposa ya le había puesto la vida patas arriba una vez, no iba a permitir que sucediese de nuevo.

–Yo no pertenezco a ninguna mujer, ni perteneceré nunca.

–¿Lobo solitario hasta el fin?

–Es mejor que la otra alternativa.

Dicho eso, Rafe se dio media vuelta y se fue. Pero la palma de la mano no dejó de arderle.

Capítulo Diez

Larkin pasó la noche acurrucada en la cama, contando los minutos que faltaban para que amaneciera.

Rafe tenía razón en una cosa. Debería haberle dicho que era hermana, media hermana, de Leigh en un primer momento. Ése había sido su plan. Pero lo cierto era que no había querido hacerlo porque lo que estaba ocurriendo con él era lo más maravilloso que le había ocurrido en la vida.

Se secó las lágrimas con rabia, pues sabía que de nada servía sentir lástima de una misma, era algo que había aprendido a una edad muy temprana. Había tenido a su abuela, pero siempre había tenido la sensación de que le faltaba algo. Lo que más había deseado en el mundo era que su madre la quisiese y haber conocido a su padre en lugar de ser un error, como la había llamado Leigh. Por eso se había pasado la vida huyendo de los hombres; si no se enamoraba, no podría cometer ningún error.

Pero el deseo de tener una familia «normal» la había convertido en una persona inquieta y necesitada, incapaz de encontrar lo que necesitaba porque tenía demasiado miedo a dejar que alguien se acercara a ella. Igual que Kiko.

–Tú y yo no encajamos en ninguna parte –le dijo a su perra–. Somos únicas, atrapadas entre dos mundos.

A pesar de todo el amor que le había dado su abuela, Larkin siempre había sentido que había algo de verdad en las palabras de Leigh… que no era lo bastante buena para su madre y por eso la había abandonado.

Siempre se había sentido así… hasta que había conocido a Rafe.

Durante un fugaz lapso de tiempo había descubierto lo que era pertenecer a una familia. Pero lo había estropeado todo.

–Debería habérselo dicho –dijo, respondiendo a los aullidos de Kiko–. Pero entonces no habría hecho el amor conmigo y yo no me habría enamorado de él.

Se le escaparon algunas lágrimas mientras pensaba que había merecido la pena a pesar de lo mal que había acabado. Los días que había pasado con Rafe compensaban cualquier agonía y volvería a hacerlo en cualquier momento.

Sin dudarlo un segundo.

Por fin amaneció y Rafe pudo dejar de fingir que dormía y levantarse para ir a trabajar. No vio ni oyó a Larkin por la casa, pero no le importaba; cuanto antes desapareciera, mejor. Todo volvería a ser como antes de que Larkin irrumpiera en su vida y la hiciera pedazos. Podría volver a huir de cualquier vínculo emocional y vivir tranquilo.

Nadie lo esperaba en la oficina, puesto que oficialmente seguía de vacaciones con el resto de la familia. No obstante, decidió encerrarse en su despacho, donde se entretuvo en responder algunos correos y ordenar papeles. Sabía que sólo estaba retrasando lo inevitable. Finalmente miró la caja de seguridad y se dijo que había llegado el momento de hacerlo.

Tardó sólo unos segundos en introducir el código y abrir la puerta. Allí estaba la caja con la pulsera. Era una obra impresionante, con un diseño que parecía sacado de un cuento de hadas. Las piedras originales, amatistas y diamantes modestos, no habían sido lo bastante buenas para Leigh, que había insistido en sustituirlas por esmeraldas y él se lo había consentido. De haber sido por ella, también habría cambiado el engarce, pero Rafe se había negado a retocar un diseño perfecto. No costaría mucho volver a colocar las piedras originales.

Alguien llamó a la puerta e interrumpió sus pensamientos. Era su hermana, Gia.

–Larkin me dijo que te encontraría aquí –dijo al asomar la cabeza por la puerta–. La verdad es que me he alegrado de ver que seguía en tu apartamento –continuó diciendo–. Cuando os fuisteis del lago, pensé que estabais a punto de romper.

–¿Y nos seguiste a casa? –la vio encogerse de hombros, lo que quería decir que sí los había seguido–. No es asunto tuyo, Gianna.

–Entonces es cierto que vais a romper. Dios, Rafe –se apoyó en su mesa y miró la pulsera–. Es bonita. Aunque lo sería aún más si no fuera tan excesiva. Le irían mejor unas piedras más suaves.

–Como las amatistas.

–Exacto –dijo, impresionada–. Buen ojo. ¿De quién es?

–De Leigh. De Larkin, supongo –corrigió enseguida.

Su hermana lo miró frunciendo el ceño.

–¿Qué?

–Leigh era hermana de Larkin. Media hermana en realidad.

145

Gia se quedó boquiabierta.

–¿Es una broma?

–Ojalá lo fuera –le ofreció una versión resumida de la historia–. Y ése es el final de mi breve compromiso.

–No lo entiendo. ¿Por qué habríais de romper el compromiso por eso?

–¿Cómo que por qué? –le preguntó, indignado–. Porque es la hermana de Leigh.

–¿Qué más da? No se parece en nada a Leigh. Sólo hay que hablar cinco minutos con ella para darse cuenta.

–Me mintió.

–¿Te dijo que no era su hermana?

–Su media hermana.

–Deduzco que no –esperó a que dijera algo más y resopló exasperada al ver que no lo hacía–. Muy bien, sé todo lo cabezón que quieras. Pero dile a Larkin que, si necesita un lugar donde quedarse mientras busca a su padre, puede…

–¿Dando por hecho que la historia del padre sea verdad?

–Dile que estaré encantada de que venga a casa –siguió diciendo como si él no hubiera hablado–. Larkin te ama, supongo que lo sabes.

–Me ha utilizado.

–Cosas que pasan –se limitó a decir Gia–. Voy a decirte a cosa –se detuvo camino de la puerta, pero no se volvió a mirarlo–. Yo daría lo que fuera por tener lo que tú estás tirando por la borda.

***

Al volver a casa, Rafe encontró a Larkin sentada en el salón, vestida con su ropa de antes. Kiko descansaba a sus pies. Las dos levantaron la cabeza y lo miraron con parecida intensidad. Junto a la perra estaba la mochila de Larkin, lo que quería decir que se iban. Al menos había tenido el detalle de esperar hasta que volviera a casa. Pero no iba a marcharse sin la pulsera.

Se puso en pie, respiró hondo y agarró la mochila.

–¿La tienes?

Rafe se sacó la caja del bolsillo de la chaqueta y se la dio. Ella la agarró sin decir una palabra y se dio media vuelta.

–¿Eso es todo? –dijo él, aunque no sabía muy bien qué esperaba.

–Gracias –respondió sin darse media vuelta para mirarlo–. Kiko y yo nos vamos.

Era mejor así, se dio Rafe.

Un segundo después, Larkin soltó la mochila y fue corriendo hasta él.

–¿Qué demonios has hecho con mi pulsera? Esta… esta cosa no es mi pulsera.

–Sí que lo es.

La sacó de la caja y la agitó.

–Mírala, Rafe. La han estropeado.

¿Cómo era posible que le hiciera ponerse a la defensiva con tanta facilidad?

–Leigh me pidió que le cambiara las piedras. Pero no te preocupes, ahora tiene más valor.

Larkin lo miró como si tuviera dos cabezas.

–¿A mí qué me importa el valor que tenga?

–Pensé que…

En los ojos de Larkin apareció una frialdad que Rafe jamás había visto en ellos. Pero había algo más, algo que le hizo sentir vergüenza. La había decepcionado, como si hubiera acabado con todas sus esperanzas y sus sueños.

–Ya sé lo que pensabas –lo miró fijamente–. Has dado por hecho que soy como Leigh, que lo único que me importa es el valor económico de las cosas.

De pronto se dio cuenta. No era Leigh. ¿Cómo podía haber pensado algo así? Era como comparar un ángel con un demonio. Leigh no había hecho más que pedir y exigir, mientras que Larkin le había regalado su posesión más preciada, a sí misma. Y él había respondido acusándola del peor crimen imaginable… ser como su media hermana. Ella le había dado su corazón y Rafe lo había tirado como si no valiera nada.

–Esta pulsera es la única esperanza que tengo de encontrar a mi padre. ¿Cómo voy a poder utilizarla para encontrarlo si ya no se parece a nada a la pulsera que él recordará?

«Reconócelo, Dante, has metido la pata».

Pero aún tenía una opción. Un camino lo llevaba a lo que había sido unas semanas antes. El otro… Para seguir ese camino tendría que arriesgar todo lo que siempre había considerado más importante. Su independencia y la necesidad de controlar su mundo. Las barreras con las que llevaba toda la vida protegiéndose.

Pero la recompensa…

Miró a Larkin y por fin la vio de verdad. No fue necesario nada más. Se frotó la palma de la mano y se rindió a lo inevitable. Estaba dispuesto a arriesgarlo todo con tal de recuperarla. Y así fue como surgió el plan. Tardaría días, incluso semanas en dar su fruto. Haría falta mucha delicadeza, pero quizá funcionase.

Ahí iba el primer paso.

–Puedo volver a dejarla como estaba –le ofreció.
Tenía los ojos llenos de lágrimas.

–Olvídalo. No quiero nada de ti.

Se dio media vuelta para marcharse y llamó a Kiko,
pero en lugar de seguirla, la perra agarró la mochila
con los dientes y salió corriendo escaleras arriba, hacia el segundo piso.

–¡Kiko! –la llamaron los dos a la vez.

Fueron tras ella y la encontraron tumbada en el
centro de la cama de Rafe. Al verlo entrar, les ladró.

–Parece que no quiere marcharse –dijo Rafe.

–Enseguida se le pasa –Larkin se acercó a la cama
y agarró su mochila–. Vamos, Kiko.

La perra no parecía dispuesta a moverse.

–Deja que se quede –le sugirió, pensando que podría serle de ayuda.

–¿Qué? –Larkin lo miró con los ojos muy abiertos–. ¿Por qué?

–Podéis quedaros las dos hasta que solucionemos
el problema de la pulsera.

Ella meneó la cabeza.

A Rafe no le extrañó. Habría sido demasiado fácil.

–En tal caso, Gia me ha dicho que puedes quedarte en su casa mientras buscas a tu padre. El problema es que allí no puedes llevar a Kiko, pero puedes dejármelo a mí mientras tanto.

Larkin lo miró con los ojos llenos de lágrimas.

–¿No te basta con haber destrozado mi pulsera,
ahora también quieres quitarme a mi perra?

–No quiero quitártela –le explicó con suavidad–.
Sólo te sugiero que la dejes aquí mientras zanjamos
el negocio.

Ella levantó la barbilla dignamente.

–Pensé que ya estaba zanjado.

–Aún tengo que pagarte por tu tiempo y por los desperfectos de la pulsera.

–Olvídalo

–Sabía que ibas a decir eso –murmuró–. En tal caso, lo menos que puedo hacer es devolverle el aspecto original a la pulsera. ¿Te parece bien?

Ya no parecía tan segura.

–¿Se puede hacer eso?

–Francesca puede hacer cualquier cosa.

–Francesca –abrió los ojos de par en par al recordar algo–. Me había olvidado del anillo de compromiso.

Se lo quitó enseguida y extendió la mano para dárselo; Rafe se negó a agarrarlo, pero Larkin lo dejó en la mesa.

–Si me arreglas la pulsera, estaremos en paz.

De eso nada. La vio mirar a Kiko y la expresión que había en su rostro a punto estuvo de hacerle ponerse de rodillas frente a ella. Excepto su abuela, todo el mundo la había abandonado en la vida. Había sufrido mucho rechazo en una vida tan corta.

Pero ya no volvería a ser así. Rafe iba a encargarse de arreglar las cosas costase lo que costase.

Las siguientes dos semanas fueron una verdadera agonía para Larkin. Rafe no intentó siquiera ponerse en contacto con ella y ella tampoco fue a su casa a pesar de lo mucho que echaba de menos a Kiko. Gia le contó que su hermano había decidido pasar el resto de las vacaciones en su casa. Pero ella no tenía fuerzas para enfrentarse a él, al menos por el momento.

A mediados de la tercera semana le llegó la noticia de que la pulsera estaba terminada.

–Espérame abajo en cinco minutos y te llevo a buscar la pulsera –le sugirió Gia–. Estoy tan impaciente como tú por ver el resultado.

Hasta que tomaron la calle de Rafe, Larkin no se dio cuenta de dónde iban.

–Pensé que estaría en la oficina –dijo ella.

–No. La tiene Rafe –Gia la miró con impaciencia–. Así podrás ver también a Kiko. Deberías estar contenta. No dejes que mi hermano te estropee el momento.

–No. No, claro que no.

Lo que no esperaba era que Gia pretendiera soltarla allí y marcharse.

–Esto es una encerrona, ¿verdad? –adivinó–. Crees que, si entro ahí, Rafe y yo podremos resolver nuestras diferencias.

–Podríais intentarlo al menos.

–No va a servir de nada.

–Bueno, yo lo habré intentado.

No tenía sentido seguir discutiendo con Gia, así que se bajó del coche y llamó a la puerta. Rafe no tardó en abrir. Ambos se quedaron mirándose durante una eternidad antes de que él se hiciera a un lado para dejarla pasar.

Larkin no sabía qué decir. Sentía tal torbellino de emociones. Deseo, arrepentimiento, tristeza, amor y, por encima de todo, dolor. Un dolor que le rompía el alma.

–¿Dónde está Kiko? –consiguió preguntarle.

–En el patio –Rafe no apartaba los ojos de ella, prácticamente se la comía con la mirada–. El caballero que trajo la pulsera quería que la examinaras y pensé que no se sentiría cómodo con un lobo dando vueltas por la casa.

Larkin estuvo a punto de sonreír, pero se contuvo.

—¿Está bien?

—Te echa de menos, pero debe de ser algo contagioso.

Larkin lo miró sin saber muy bien cómo interpretar sus palabras.

Rafe la llevó al salón. La pulsera estaba sobre la mesa y, junto a ella, un hombre esperaba de pie con gesto atento y silencioso. Larkin agarró la pulsera y se echó a llorar al ver el resultado.

—Es preciosa. Dile a Francesca que ha hecho un magnífico trabajo.

El hombre se aclaró la garganta.

—Ha hecho algunos pequeños cambios, como las amatistas. Tienen un color impresionante, ¿no cree?

Larkin miró al hombre y sonrió.

—No se lo diga a Francesca, pero sigo prefiriendo el original.

Por algún motivo, aquel hombre parecía alegrarse de oír aquello. Lo miró y entonces se quedó helada. Debía de estar cerca de los cincuenta años, tenía los ojos azules y unos rizos indómitos, pero lo que más le llamó la atención fue la barbilla afilada y los labios carnosos. De pronto supo, sin haber pasado ni un minuto con él, que se reía a menudo. Lo mejor de todo fue que le vinieron a la cabeza imágenes de duendes y arcoíris, de magia y sueños que se hacían realidad.

—Debo reconocer que ha quedado muy bien con todas esas piedras tan elegantes.

Larkin no podía dejar de mirarlo.

–Perteneció a tu tatarabuela.

–Eres…

–Rory Finnegan. Soy tu padre, Larkin.

No recordaba haberse movido, pero de repente estaba en sus brazos.

–¿Papá?

–No sabes el tiempo que llevo buscándote –le susurró al oído y las palabras le llegaron directamente al corazón.

Las siguientes horas pasaron volando. En algún momento Larkin se dio cuenta de que Rafe había desaparecido para dejar que su padre y ella hablaran tranquilamente. En ese tiempo descubrió que su madre lo había llamado poco antes de morir para decirle que tenía una hija, pero no le había dado su nombre ni su dirección.

Se enteró también de que se llamaba Larkin por la mujer a la que le había pertenecido la pulsera y que tenía una familia tan numerosa como la de los Dante.

–No podrás librarte de nosotros –le advirtió Rory–, ahora que por fin te he encontrado.

Cuando llegó el momento de despedirse, lo hicieron los dos con lágrimas en los ojos.

–Ven este fin de semana y haremos una gran fiesta de bienvenida –le dijo su padre mientras la abrazaba–. Y trae a tu novio, tu abuela querrá conocerlo antes de dar su consentimiento a la boda.

–Pero…

–Allí estaremos –prometió Rafe, que acababa de aparecer.

En cuanto cerraron la puerta tras su padre, Larkin se volvió a mirar a Rafe.

–No sé qué decir, «gracias» me parece demasiado poco.

–De nada –dijo y le tendió una mano–. Quiero enseñarte otra cosa.

Le dio la mano y cerró los ojos para sentir bien los maravillosos latidos del Infierno.

–Bueno, pero me gustaría ver a Kiko.

–Eso es lo que quiero enseñarte.

La llevó hasta la habitación de invitados, pero la puerta estaba cerrada y en ella había una placa en la se leía: *Guarida de Tukiko y Youko.*

–Me dijiste que ése era el nombre completo de Kiko. Busqué el significado y resulta que es «hijo de la luna» –le explicó, sonriente.

–Le va muy bien. Pero ¿quién es Youko?

–Nuestro hijo del sol.

Abrió la puerta del dormitorio. En lugar de la cama en la que habían pasado tantas noches maravillosas, ahora había dos camas de perro. Al salir al patio, Larkin se quedó boquiabierta. Estaba lleno de juguetes para perros y había incluso un arenero para que escarbaran.

En ese momento apareció Kiko, que la recibió entusiasmada y, detrás de ella, un precioso perro que parecía mezcla de labrador y golden retriever.

–Supongo que éste es Youko.

–Tiene terror a la gente, así que supongo que han debido de maltratarlo.

–Un perro es una gran responsabilidad, un compromiso a largo plazo –le advirtió Larkin.

–Quince o veinte años, si tenemos suerte. Claro que Los amigos de Kiko también es un compromiso a largo plazo.

–¿Los amigos de Kiko?

–La organización de ayuda a los animales que vamos a poner en marcha, si tú quieres. Una organización benéfica para ayudar a animales como Kiko. Espero que quieras dirigirla.

Larkin apenas podía contener las lágrimas.

–¿Has hecho todo eso por mí… por nosotras?

–Haría cualquier cosa por vosotras.

–No lo entiendo –susurró ella–. No entiendo nada.

–Deja que te lo explique.

La llevó al piso de arriba y se detuvo frente a la puerta de su dormitorio, donde otra placa decía: *Guarida del gran lobo y de su compañera para toda la vida.* Abrió la puerta y dio un paso atrás, para darle la oportunidad de decidir si quería entrar o marcharse.

Larkin no lo dudó. Entró al dormitorio y dejó que él la estrechara en sus brazos.

–Lo siento mucho, Larkin. He sido un idiota. No te pareces en nada a Leigh. Llevo tantos años protegiéndome que he estado a punto de perder lo que más quiero en el mundo. A ti –le tomó el rostro entre las manos y la besó–. Te amo. Creo que te amo desde que te toqué por primera vez.

–Rafe –Larkin reía y lloraba al mismo tiempo–. Yo también te amo.

Se apartó lo justo para mirarla a los ojos.

–Aún quiero que seas mi prometida temporal.

–¿Sí?

–Desde luego. Primero mi prometida temporal y después mi esposa para toda la vida –volvió a tomarla en sus brazos para llevarla hasta la cama–. Tendrás que recordarme dónde lo dejamos porque hace tanto tiempo, que no lo recuerdo.

Larkin le echó los brazos alrededor del cuello y lo besó en los labios.

–Veré lo que puedo hacer para refrescarte la memoria.

–Espera. No podemos hacerlo sin romper la promesa que le hice a Primo.

Abrió el cajón de la mesilla para sacar el anillo de compromiso y devolverlo a su lugar, el dedo de Larkin. El fuego del Infierno ardió con fuerza entre ellos y, aunque Rafe no lo reconoció abiertamente, su mirada demostraba que lo había aceptado.

–Parece que, después de todo, sí que es el anillo perfecto –le dijo él.

–¿Por qué? –preguntó Larkin, aunque ya sabía la respuesta.

–Se llama Una vez en la vida porque si me has enseñado algo –la besó apasionadamente antes de añadir–, es que los lobos se emparejan para toda la vida.

En el Deseo titulado
Sangre en llamas, de Day Leclaire,
podrás terminar la serie
LLAMAS DE PASIÓN

Deseo™

¿Sólo negocios?

CAT SCHIELD

Emma Montgomery no permitiría que
su padre le concertara un matrimonio
como parte de un trato de negocios…
aunque le negara el acceso a su fondo
fiduciario hasta que ella accediera. Des-
afortunadamente, su supuesto prometido, el inconformista hombre de
negocios Nathan Case, un antiguo
amor, se lo estaba poniendo difícil.
Cada vez que la tocaba estaba a punto
de traicionarse a sí misma. Resistirse a
Nathan y recuperar su dinero eran los
objetivos del juego… ¡pero tratar con
ese millonario podría llevarla directamente a sus brazos!

Estaba jugando con fuego

Acepte 2 de nuestras mejores novelas de amor GRATIS

¡Y reciba un regalo sorpresa!

Oferta especial de tiempo limitado

Rellene el cupón y envíelo a
Harlequin Reader Service®
3010 Walden Ave.
P.O. Box 1867
Buffalo, N.Y. 14240-1867

¡Si! Por favor, envíenme 2 novelas de amor de Harlequin (1 Bianca® y 1 Deseo®) gratis, más el regalo sorpresa. Luego remítanme 4 novelas nuevas todos los meses, las cuales recibiré mucho antes de que aparezcan en librerías, y factúrenme al bajo precio de $3,24 cada una, más $0,25 por envío e impuesto de ventas, si corresponde*. Este es el precio total, y es un ahorro de casi el 20% sobre el precio de portada. ¡Una oferta excelente! Entiendo que el hecho de aceptar estos libros y el regalo no me obliga en forma alguna a la compra de libros adicionales. Y también que puedo devolver cualquier envío y cancelar en cualquier momento. Aún si decido no comprar ningún otro libro de Harlequin, los 2 libros gratis y el regalo sorpresa son míos para siempre.

416 LBN DU7N

Nombre y apellido	(Por favor, letra de molde)

Dirección	Apartamento No.

Ciudad	Estado	Zona postal

Esta oferta se limita a un pedido por hogar y no está disponible para los subscriptores actuales de Deseo® y Bianca®.
*Los términos y precios quedan sujetos a cambios sin aviso previo.
Impuestos de ventas aplican en N.Y.

**_El deber hacia su reino le impedía dejarse llevar
por la pasión…_**

Francesca se quedó sor-
prendida cuando Zahid al
Hakam, un amigo de la familia, apareció en la puerta de
su casa. Después de todo,
ahora era el jeque de Kha-
yarzah y debía de estar acos-
tumbrado a moverse en
otros ambientes. Seguía tan
atractivo como siempre y
ella se sintió tentada a aceptar su invitación de ir a trabajar con él a su país.

Zahid descubrió que la
desgarbada adolescente que
él conoció se había convertido en toda una belleza. ¿Sería justo tener una aventura
secreta con ella?

**El rey de las arenas**

Sharon Kendrick

Deseo™

¿Venganza o pasión?

MAXINE SULLIVAN

Tate Chandler jamás había deseado a una mujer tanto como a Gemma Watkins... hasta que ella lo traicionó. Sin embargo, cuando se enteró de que tenían un hijo, le exigió a Gemma que se casara con él o lucharía por la custodia del niño. Tate era un hombre de honor y crearía una familia para su heredero, aunque eso significara casarse con una mujer en la que no confiaba. Su matrimonio era sólo una obligación. No obstante, la belleza de Gemma lo tentaba para convertirla en su esposa en todos los sentidos...

Ella había vuelto a su vida,
pero no sola...